水样的日子

徐汉洲诗选

徐汉洲　著

百花洲文艺出版社

BAIHUAZHOU LITERATURE AND ART PRESS

图书在版编目（CIP）数据

水的样子 : 徐汉洲诗选 / 徐汉洲著 . -- 南昌 : 百
花洲文艺出版社 , 2023.12

ISBN 978-7-5500-5317-5

Ⅰ . ①水… Ⅱ . ①徐… Ⅲ . ①诗集—中国—当代
Ⅳ . ① I227

中国国家版本馆 CIP 数据核字（2023）第 195377 号

水的样子 : 徐汉洲诗选　徐汉洲　著
SHUI DE YANGZI：XUHANZHOU SHIXUAN

出 版 人　陈　波
策划编辑　周瑟瑟
责任编辑　杨　旭
装帧设计　文人雅士文化传媒
出 版 者　百花洲文艺出版社
地　　址　南昌市红谷滩区世贸路 898 号博能中心一期 A 座 20 楼
电　　话　0791-86895108（发行热线）0791-86894717（编辑热线）
邮　　编　330038
经　　销　全国新华书店
印　　刷　廊坊市海涛印刷有限公司
开　　本　880 毫米 ×1230 毫米　1/32
印　　张　12.5625
版　　次　2023 年 12 月第 1 版第 1 次印刷
字　　数　70 千字
书　　号　978-7-5500-5317-5
定　　价　88.60 元

赣版权登字　05-2023-357

网址：http://www.bhzwy.com
图书若有印装错误，影响阅读，可向承印厂联系调换

作者简介

徐汉洲

　　徐汉洲，男，湖北人，定居长沙。中国诗歌学会会员，湖北省作家协会会员，东莞市作家协会理事。2014年开始诗歌创作，先后在《诗刊》《诗选刊》《诗歌月刊》《绿风》《诗潮》《中国诗人》《山西文学》《延河》《鸭绿江》《黄河》《安徽文学》《芳草》《湘江文艺》《辽河》《海燕》等刊物发表诗歌作品近300首。代表作品入选周瑟瑟主编的2017、2018、2019《中国诗歌排行榜》，2020、2021《中国当代诗歌年鉴》及《2022中国诗歌年选》等年度选本。《梦见提黑提包的人》被评为2017中国诗歌网"每日好诗""中国好诗"。

大鸟呼啸，大雾降临

——序徐汉洲诗集《水的样子》

⊙周瑟瑟

大鸟呼啸：诗风雄壮刚健

徐汉洲的诗集《水的样子》，回响着风声、水声、鸟声与人声，这是一部浸染着人间世复杂情感体验的诗集。

他是荆楚人氏，古铜色的脸膛，肌腱毕露，俨然行走江湖的侠客。诗如其人，什么样的人写什么样的诗。徐汉洲声如洪钟，喉咙里像有一条大河奔涌，浑厚的气势，低沉的力量，他将身体压低，谦逊而深沉的人格，但重量全压在诗歌文本上了。

他驱使着诗的文本星夜兼程，他要去诗的大国，那里大鸟呼啸，大雾降临，他要去看"水的样子"。"像一万只羊/挤在一起/挤出大门//把草原切成两半/把高原分成两堆/从高处往低处/从峡谷/从石滩/像一把犁铧"（《水的样子》）。

气势雄壮的画面跃出纸面，来到我们面前，久违了的雄壮的诗风。当年在昌耀的诗里看到过，诗的历史偶合的场景再现，昌耀已经作古，徐汉洲如今拿出属于当代的雄浑之气，展现出细腻又雄壮的诗风。

在众声喧哗的时候，徐汉洲低头匆匆行走，他在沉思中寻找自己的审美方向。"冲开黄土和陡峭/穿过岩石和岁月/一路奔赴/东一股西一股/南一股北一股/汇聚成洪流//像一群大鸟/呼啸着/快速地飞/勇猛地飞/从长江口、黄河口、珠江口/射入大海//多么像一尾巨大的鱼啊/无影无踪"（《水的样子》）。

读一首诗，就是读一个人。徐汉洲在《水的样子》里，借物赋形，将水比喻成"一万只羊""一群大鸟""一尾巨大的鱼"。诗人眼里的水，不再是柔弱无骨的象征，而是雄浑之力，是劈开峡谷的犁铧，是呼啸着射入大海的一群大鸟，但最后是一尾巨大的鱼，在大海里消失得无影无踪。

黑提包、飞叉与方言：当代诗歌材料与诗歌人类学

《水的样子》这部诗集里，我看重《梦见那个提黑提包的人》《爷爷的澡》《爷爷的飞叉》这类作品。我甚至认为这是徐汉洲的写作里有诗学贡献的文本，除了亲情与爱的主题之外，文本实验的意义更重要。

40多年来，当代诗歌在标准化的讨论中形成了一种风气，规范化的精致，经典化了的流行，从而形成了新的僵化，当代诗歌的创造力大打折扣，已经没有了二十世纪八十年代的不管不顾的冲劲，现在很少有人再谈论诗歌的先锋精神了。放眼诗坛，当下的写作丧失了创新意识，大家都不再需要想法，不需要越过好诗标准的雷池半步，只需要在一个既定的框架里写作。这当然是当代诗歌的悲

哀，面对众多庸俗的诗歌写作，众人表现出了一股从没有过的妥协与满足，被经典标准训化了的诗歌前路渺茫。

我希望有一种抛开既定的好诗标准的创作，诗的内容首先要是个人化的，风格可以是粗砺的，甚至可以是泥沙俱下的。如果诗的语言没有粗砺的颗粒感，如果经过了反复的精心的打磨，就走向了同质化的陷阱。当下的情形是大家不约而同地在温水里煮自己这只诗歌的青蛙。

因为徐汉洲不需要讨好任何人，所以他在自足中写出了《梦见那个提黑提包的人》《爷爷的澡》《爷爷的飞叉》这类作品，一点都不奇怪。

徐汉洲的写作始终在平和的语气里进行，甚至无法将其归于口语写作的范围，他没有口语写作的姿态，而是以平和的语气写作，以适合自己的语言、语调与语气写作。他找到了一种让自己舒服的语言，同时以一种雄壮刚健的气势将叙事往前推进。不管是长诗还是短诗，他都是一气呵成。

他在一种语言的常识里写作，读他的《梦见那个提黑提包的人》《爷爷的澡》《爷爷的飞叉》等作品，我感受到他通过语言的节奏来控制情节与情感，他把抒情意象写作转变为现场的即时性的写作。

"面前站着一个人。/很熟悉的人。/背对着我。宽厚的背。宽阔的背。/你不害怕吧？浑厚的声音。一丝丝烟草味入画。/不怕。父亲。你，你的黑提包呢？/不明白为什么会先说黑提包。/小时候。每天盼望父亲回家，盼望他的黑提包。/那个黑提包来历不明。父亲说是他朋友给的。/母亲说是他从舅舅手里抢来的。成了谜。/正好我想问问他。父亲，你的黑提包呢？/哪次没带？鼓鼓的。你猜对的不多吧？你是故意的。小杂种。/一只极其普通的黑提包。两根提拌。一尺长。乾坤大。/每次都猜对了好吧。肉包子。发糕。我最喜欢的面窝。老虎钳。/桃子。牛奶冰棍。还有汽水。大虾糖。云南白药。原子笔。量角器。/红烧肉。那回真没猜对。隔着黑提包，有一丝温热。软软的。/我狠命闻着。身子有点轻轻发抖。幻想飘飞。但没有猜出来。/花了你父亲一个礼拜的菜金。下个礼拜只能啃辣萝卜条了。"

　　这是《梦见那个提黑提包的人》的上半部分，如一部纪录电影，镜头冷静，光影交错，诗人以客观性的描述，引导诗走向家庭历史深处。徐汉洲采取长句中嵌入短句的形式，并且以句号营造出短促的语气，诗在日常场景里呈现出温暖的情感光泽，散发出历史的体温。

　　徐汉洲对流逝的时间的再现，对父亲的追忆，为当代诗歌奉献出了一幕"60后"的诗歌图景。虽然诗人压抑着对父亲的怀念，但所有的生活场景与童年食物，都指向了情感的痛点，指向了爱与流逝。

　　诗人在诗中重复"父亲，你的黑提包呢？"儿子对父亲的爱，在一幕幕流逝的生活场景里演绎。"父亲的黑提包"成了徐汉洲的一个醒目的诗歌意象，这是"60后"的集体记忆。

　　"我家乡有湖有山，叫湖山/家家户户有鱼叉/下湖可以刺杀晒壳的脚鱼/上山可以捕获凶狠的野猪"，"有一次/我要吃麻雀，因为看到同学吃麻雀／用泥巴包裹放谷草里烧熟／……又尖寒光四溅／我跟爷爷窜进村后的杉树林。时值初秋／鸟们一身笨肉，只顾吸引异性，放松了警惕／我爷爷瞄准一个树杈，扔出了飞叉／一只斑鸠应声跌落"（《爷爷的飞叉》）。

"爷爷说他这辈子只洗了一个澡／他说，这辈子有这么一个澡／死也闭眼了。让我爷爷如此满足的那个澡／是在离我家有一百二十里路的地方洗的"，"爷爷再次下到池子里，等了一会，身子缓缓溜进水里／他做了一个深呼吸，缓缓呼出胸腔里的气息／鱼腥味，泥臭，汗臭，桐油的陈腐纷纷跌落水里／爷爷慢慢地闭着眼睛，头发上呼呼冒着热气／父亲拧干一条毛巾，敷到爷爷额头上"（《爷爷的澡》）。

《爷爷的飞叉》《爷爷的澡》都要整体地读，这些来自于生活现场的历史性的文本，是一个完整的叙述，从任何一个情节截取都有损故事的完整性。徐汉洲诗的精彩，一方面在于语言的鲜活生动，口语的妥贴与叙述的紧张，另一方面是他写出了"60后"的集体记忆，他证明了诗是历史，诗是生活现场，也就是我所强调的"诗歌人类学"意义的写作。

"诗歌人类学"不是知识考古学，更不是学院式的理论模型，而是人类个体的历史，诗人将历史拉回到生活现场，让历史与生活现场成为诗的主场，而诗人是那个审视历史的人，从历史中获得全部的情感体验。消失的历史又回来了，回到了诗歌中心，成为爱的见证。

"诗歌人类学"里有诗人使用过的方言，比如"顺手""反手"就是右手与左手的意思。徐汉洲将鄂东南方言运用得不露痕迹，在一个生活化的诗歌语境里，方言是自然而然的存在。方言在这种语言环境里才是真实有效的，在我的观念里，方言是当代诗歌的材料之一。

徐汉洲的诗歌文本，戏剧性、趣味性、即时性、现场感与当代性十分强烈。我从中看到了当代诗宝贵的"材料"，"材料"是我最喜欢的诗，不要对"材料"进行过度化处理，保持"材料"的鲜活与观念。他的"诗歌人类学"意义的写作，让我想到了美国"垮掉派"代表诗人艾伦·金斯伯格《一天早晨，我在中国漫步》《北京偶感》《嚎叫及其它诗》等作品，生猛，彪悍。

徐汉洲隐身于当代诗坛，并不经常出现在众人的视线里，但恰恰就是这样的诗人，写出了独立的诗歌文本，从而唤醒有心人，给同质化的诗坛吹进一丝清新的风。如果麻木的诗人能够静心想一想，就会发现他的大胆与无所畏惧。在喧闹的人群中，徐汉洲的写作是孤独的，甚至可能会遭人白眼，但不要紧，有这类诗歌文本在，我相信总会有人从中得到启示。我认为在某种程度上，这是对当下中国柔弱诗歌风气的反抗。他写出了语言的强力意志，他通过语言的节奏来控制故事情节，这是对当代诗歌现状不满的写作，是改造当代诗歌僵化的现状的写作。

徐汉洲的写作体现了真与纯粹，他复杂的生命体验在诗里产生了审美的战栗。我格外重视他关于家族历史的诗歌文本，丰盈的诗意，庞杂的叙述，饱满的情绪，让诗歌稳稳地立于大地，像一个诗的铁塔，迎着呼呼的风雨，接受读者的检阅。

大雾降临：喊风的人回来了

在诗歌写作漫长的时间里，徐汉洲经过了长途跋涉，他终于看见大雾降临，"柔软轻薄/拖着长长的白发/伸展宽大的衣袖/掠过田野/掠过村庄"（《大雾降临》）。

读这样的诗，让人想到如何写真的诗，而不假写，假诗是没有生活的诗。有过乡村生活经验的人，才会这样写大雾。只有在乡村的大雾现场伫立良久，并且思考如何写诗的人，才会这样出手。这是真的梦幻，所见为诗，请相信一个生活现场的诗人，他的想象就是他看见的真。

"从七点到八点/从九点到十点/白雾挂在羊角上/迟迟散之不去"（《大雾降临》），徐汉洲的真、简洁与梦幻，是古典的现代性的体现。

徐汉洲从繁到简，繁与简转换自如。《梦见那个提黑提包的人》《爷爷的澡》《爷爷的飞叉》这类"诗歌人类学"意义的文本，是繁复的写作，而《大雾降临》又回到了极简写作。

他的留白，他的点到为止，他的钩廓与渲染，恰到好处。他想象大胆，如一个古代的画家，简中见工，轻重缓急，集散相宜，从容自若。

他给读者另一副面孔，一副意境清新的面孔。在总体的雄阔诗风之下，徐汉洲又有细腻而峭拔的一面。整体来考察，徐汉洲的写作既宏大，又细微，只因为他有着沉静而不火暴的性格，才有《大雾降临》这样古朴典雅而又活力四射的诗歌文本。

读其诗，可以感受到大雾、田野与村庄的呼吸。

读这部《水的样子》，我感到那个喊风的人又回来了，"一扬脖子大喊了一声/阿…吆…阿……吆……/我排在第二位/我知道他在喊风/最后面的母亲/也知道他在喊风/可母亲却喝道/徐德水/你以为你捡了宝吗"（《七月，父亲喊风》）。

我甚至认为这是一部向天下父亲致敬的诗集，诗人告诉读者，"徐德水"，一个与水有关的名字就是他的父亲。一个儿子，以诗的形式记录下父亲的声音，这是何等神圣的诗篇！这是何等骄傲的写作！

父亲"阿…吆…阿……吆……"的喊风的声音，回荡在这部诗集里。徐汉洲的第一部诗集，在百花洲文艺出版社出版，感谢杨旭与出版社的领导，给一个有着容忍精神的诗人面向读者的机会，让他诗里的父亲喊风的声音传得更远，让我们听到了诗歌纯粹、梦幻与真的声音。

2023年7月28日于北京树下

目 录

卷
三

目
录

徐汉洲诗选：水的样子

009

目录

卷
四

徐汉洲诗选：水的样子

卷一

小　荷

是鱼
向天空射出的箭
欠一点力度
卡在水面
就握成拳头
表达不服
过了几天
张开手掌
再过几天
就开出了花
咬不到飞鸟的鱼
等着吃莲子

我喜欢这一支绿
看它像画卷徐徐展开
偷走鱼的时光
看鱼急着画出朵朵涟漪
看红蜻蜓像个工程师
认真鉴定阳光的成色
我把双脚伸到水里摆动
惊散了鱼群
惊飞了蜻蜓
莲花哈哈笑着
黄嫩的胡子乱颤

听 雨

雨疾走在路上
从西周村大面积往东漂移
像赶着一群羊晚归
远山的彩虹还在抽穗
关门雨急不可耐
像缝纫机细密的针脚
给裸露的田园赶做一件衣裳

一颗又一颗圆润
在芭蕉叶上滚动
在尘土中溅起轻烟
在躲着岁月的瓦垄上
汇成涓流
从每一条凹口飞跃下来
滴穿并不言语的石头

我喜欢下半夜落雨
那是我的凉爽和惬意
昏睡中被一阵凉风叫醒
外面的世界
风追着雨
顺着河流、湖堰、田野
顺着远去的黄土路

顺着老狗的狂吠

奶奶说着梦呓
我听不清她在说什么
但我又那么熟悉
似懂非懂

酒

这种液体
伤肝伤肺伤心
堪比毒药

喝下去
浑身长胆
敢说世界是我的
喝下去
欲望盛开

看上去
事关友谊
不喝醉交情不够
不喝爽意思不够

往 事

被风扯断的羽毛
明显追不上雁鸣
经过的里程
无碑可立

一朵花开了又谢了
香气是别人的晚妆
飘零才属于自己
带雨或不带雨已无关紧要
落到地上
就是归属

白云执意远行
衣角挂在蜜枣树梢
正在灌浆的麦子专注受孕
桃林满面含羞
花瓣淹没于泥土

挖开一棵老树洞
封藏我此刻的纷乱
还要刻上烙印
十年后，或者更久
再见证今天的是与非

沙　漏

天上有多少星星
地上就有多少沙子
沙子暗藏玄机
暗藏岁月无声
暗藏时光之钟
每颗沙子的撞击
就是每颗星星的撞击

器皿如巫师之物
以原木束缚
过去和未来
翻手之间
昼夜轮回周而复始
太阳继续从东边升起
世事看似简单

圆是诞生之孔
包括生命和时间
沙子掌握规律
在某一刻，铩羽重生
无论万物生长
无论沧海桑田

盛　宴

裙裾，柳腰
丝弦和音律。
觥筹交错
一团和气。带剑的侍卫
面无表情
帷帐背后，十面埋伏

一饮而尽
此时不是证明能喝。
调动全部意志
在湍流中稳定。
清醒。慎言。
从上席开始
从主到客
一杯不能少。

看谁笑才笑
看谁欢呼才雀跃。
所有的话都是调侃
看似轻松，但皆有目的
自有轻重。
无论做东还是被请
彼此心知肚明。

一杯酒能有多大能量

能换来一条牛，一方诸侯

妻妾成群，甚至一个国。

也能丢了脑袋，丢了九族。

醉眼所看

亦真亦假，亦虚亦实

或握手言和，或狼烟四起

有诡计，有圈套

酒杯盛满眼泪和残忍

白蜡杆

在武术盛行的日子
白蜡杆一直是我的愿望
我使的棍子长着粉刺
跟王小二格斗时
总是被他劈成两截

屋后那丛柳树
挺拔、婀娜
但疤节太多，未老先衰
坚硬不够，不能承受
我那招猴子上树
每逢这时，我心里有一棵树
悄悄生长

李连杰使用白蜡杆
点勾劈刺、扫挑顶击
一套长棍水泼不进
打乱了许多乖孩子的安静
我也想有白蜡杆
但我家在鄂东南
九十里黄荆山
不长这种树木

我遇见一座山的时候
正驾车横穿广西
白蜡杆漫山遍野
此时我已年届不惑
我要把心中的梦想挖出来
移栽到这山中

我敬佩白蜡杆的韧劲
一如我几十年历练的脊梁

水

家在天上
挥洒在空中
寄居大地
来时轰轰烈烈
去时无影无踪
似神对生灵的抚慰

生命始终需要
喂养诗歌和爱情
喂养灵魂深处
光明与阴暗

我更喜欢
上善若水
水做的女人
我不知道
这些柔软之物
缘何有时与猛兽有关联

立 秋

瞄一眼阳光的踪迹
量一下蓝天的高度
吹一下高粱的成色
夜晚关上半边窗户
月亮抖落一身肥膘
看上去清冽、瘦弱

知了换了一支曲
长一声，短一声
节奏生动却无力
露水渗出大地的毛孔
爬上草尖、茶花、果实
大雁加紧排练
准备南飞

喧嚣趋于平静
世界已经穿过火线
一切变得从容、稳健
现在不抓蝴蝶
改抓萤火虫
要把它们装满玻璃瓶

奶奶从柜顶搬下樟木箱

翻出一件件夹衣
她准备再浆洗一遍
再晒两天
储蓄过冬的温度

天色将晚

除非是新婚，干柴烈火
一触即发。除非是诗人
需要借月色踏浪和吟唱
除非是早起的农民，祈望丰收
总觉得短暂和遗憾
除非是夜猫子
黑白颠倒，他们的昼与夜
早已泾渭不分

天色将晚
没有渔舟
没有远山的松涛呜咽
没有伊人的发髻
我顾虑重重
不为明朝的天气
不为远方和前程
我的头顶开始落雪
我要盘算
两鬓能承受多少冰霜

夜幕拉开
我将淹没于无尽的黑
如同飞逝的鸟

如同白云和夕阳
点燃思绪，煮一壶往事
褪去伪装，诠释归真
天色将晚
我是否要用一柄旧砍柴刀
当作今夜的枕头

中秋帖

一个陌生的人
捆绑着满腹经纶和陈腐
披散着飘逸的华发问我
"今年是何年"
"今夕是何夕"

昨天刚下了初秋第一场雨
很突然。农家慌了手脚
抢收黄豆、稻谷、柴禾
把老水牛牵进草棚
把鸡笼锁好

有些人家早已不做月饼
闲置在墙上的印把子数着岁月
"爷爷的爷爷留下来的"
现在我们吃蛋黄酥、榴莲酥、溏心小月
我们不再对影沽酒
远行人已踏上回家的路

挂灯笼贴对联
把房前屋后打扫干净
用古色古香的陶罐
接瓦垄上倾泻的雨水

隔壁的婶婆唱的歌谣很土
悠长的声音像从宋朝飘来

必须要一碗粉蒸肉
必须要一条红烧鲤鱼
把桌子擦洗得发光
请明月端坐其中
摆八把椅子，主座照常空着
爷爷要看见他的父亲在喝酒

"我死了，每年中秋你们也要给我留座"
他的声音虚无，不容置疑

扫 描

好久没有这样了，亲爱的
今天让我好好摸摸你
用长着两排老茧的手
从头开始，一寸寸地
一个毛孔一个毛孔地
检查岁月的烙印

头顶的盛况不再
地中海还有扩大的倾向
仅存的，像收割后的庄稼地
几株高粱在深秋悄悄颤抖
过去像红土地的脸膛
经过时光打磨
如今蜡黄，尽显骨骼

伪装不了眉清目秀
眼神已浑浊
两条卧蚕很肥壮
眼角处游上了一条鱼
鼻翼两侧法令纹过度深刻
这就是笑比哭难看的原因吧

胸前的宽阔大大缩水

两块岩石成了过期面包
肚子那么大那么圆
我看到装着西瓜的布袋
原来自我炫耀的八块力气
浮躁或者不翼而飞

后腰往下缺乏足够弹性
按下去的坑复原时间延长
一节节脊骨多像一副象棋
兵荒马乱进攻防守
还算整齐
硬度还在

很多厚重变成了尖椎
穿了多年的裤子已经空洞
曾几何时野外徒步
坐得茅草尖叫石头喊疼
现在喜欢柔软
尾骨最近有点发麻
提醒去看看神经

无意中摸到了心跳
有几段声音像老式钟摆
有点卡顿有点嘶吼
像一个推车上坡的人
脸憋得通红

摸久了胳膊酸痛
这双手臂拉得住牛犊
搬得动一个石磙
那年抱着新娘走了一里多山路
现在摸自己的耳朵后脑勺
都举不上去

触碰到血液了
那日夜川流不息的
已经失去应有的鲜艳
流速也开始放缓
像干涸的河床
一点流水漫不经心

我想摸你的脚印
一生到底要走多少路啊
骏马没有奔出草原
骆驼没有走出沙漠
而你天南地北雪山高原
无一未及

这里是你的情感仓吧
现在已人去楼空
一些蜘蛛相邀布了好多局
不过也没有收获，除了一些

自投罗网的陈年灰尘

至此，时间过半
或者是一大半
再来三十年？五十年？
放空还是放下？
这些已经不重要了
后浪汹涌。向东是黎明
向西是夕阳，人生就是从东往西
画一条弧线

中 秋

以月亮为借口
或奔赴千里与妻儿围桌而坐
或穿行桂子树下执子之手
或沽一壶老酒高坐于露台
以几块裹了冰糖的圆饼
粘几丝愁绪为肴

玉露如珠
琴瑟在指尖倾泻
大街小巷填满了月华
月亮慈祥、端庄、从容不迫
砍树的人还在，兔子继续瞌睡
门缝里隐藏着漂亮的裙裾
故事老套却流传千年

也有人会默默流泪
为不能给白发老母掰一块月色
端一杯清茶。还有邻家女儿
今夜是否回到家里？一墙之隔
可以闻听她浅浅的笑
浅浅的唤

逃　离

我已经

对写满石头的大山

不感兴趣

就算森林、花草、幽深

我已错过追蝶的年龄

我的胡须已经挂霜

现在扮演一个苍老过客

天色已过黄昏

白皮松蘸着我哈出的热气

涂鸦几朵余晖

要加快脚步

离开这座

熟悉的陌生之城

要以刻骨

织一条坚硬的鞭子

追赶日月星辰

追赶晨露和春风

正在开花的蒲公英

永远不明白自己

流浪的原因

离　别

天空盛满泪水
滴在杨树上
我满怀雨丝
迎接终究要来的时刻
抓着一把会哭的词
眼睁睁看着距离
越来越远

这是深秋
小草早早穿了冬装
我细数脚边的路牙
数着数着忘了方向
万分失落
像车辆扬起的灰尘
裹住我一身颤抖

筵席该散了
佳肴珍馐悉数上完
铁锅榨干味道
酒杯结出薄霜
十里长亭从兹去
去了以后
看谁用衣袖轻擦疼痛

祭水仪式

白刀子起
牛羊喷出鲜血
腥气卷起大纛的流苏
穿着仿制王服的人
迈着古典的步伐
拈着长长的假胡须
抬着牲畜的头颅
踏上红地毯
文言文似的祭文
被高声诵读
乌云低垂
河风吹拂经年
自秦汉自唐宋
若非宣读者戴着眼镜
我一定以为
这就是在公元前

舞者一反常态
蓬头垢面扮山鬼
力求演出返璞归真
像猿猴不断吐舌
从河里舀出来的水
在人们头顶喷洒

很多人仰着面孔

迎接上苍赐予的甘露

穿惯了西装的身躯

被塞进黄袍马褂

等待点名跪拜

不分年龄胖瘦，一律要在

插着三根粗香的大鼎前

双膝跪地，面容严肃

作揖，磕头

祭祀年年举行

河水依旧，仪式古老

秋天赶着八月桂香

佩戴贵宾围巾的面孔

年年相同，年年不同

清明祭祖

我不能位位追思
坟头密集
我手里的花束太少
也叫不全他们的称谓
睡在这里的都是先人
大多是长辈嘴里的至尊
他们稳坐祠堂主要席位
八仙桌的名册上
记载着他们的姓名

传说落业祖讨米至此
相伴的老水牛几乎饿死
遇到这座水草肥满的湖
就地搭棚随遇而安
套上犁铧翻开岸边的黑土
播种稻谷莜麦
他抓鱼挖藕
娶了四房堂客

温饱激发了他的欲望
他在心里画出了愿景
以枫树为圆心
东南西北四方展开

要有房屋百间人口满百
如今许多亲戚出了五服
同姓也能谈婚论嫁

每年清明
提着贡品的人只知父辈爷辈
鞭炮烟花围着近祖热闹
落业祖的坟茔立于高处
显然有点清冷
但也有人特意上来磕头
我就是其中一个

感　恩

叶子落在树根
鸟死在麦地
远山点亮暮色
蜡烛烧干最后一滴
母鹰抛弃雏鸟
强逼它们独立生活
骨头敲击键盘
只为说出两个字

人生离别
从翅膀长硬开始
单飞是成熟的标记
远行没有掌声
无数次回眸
无数次期待
世上只有妈妈好
不分年龄不分物种
总让人哽咽
我想找个僻静处
用眼泪感染一墙斑驳

该说再见了
找些词语煮一锅散伙饭

字里行间藏着
用一把年纪写成的信条
此刻什么都显多余
不想或者不说
虽然恐惧
但仍然要深深鞠躬

空　姐

空姐很烦躁
她叫收起小桌板
没人响应
她叫调直座椅靠背
没人响应
她叫把手机调成飞行模式
没人响应
她叫回到自己的座位
没人回应
空姐噗嗤一下笑了，说
怎么都像儿童呀

机舱很快恢复正常

泡茶者说

泡茶要用好水

没有山泉水

可以用矿泉水

泡老茶的水要沸腾

她边说边冲茶

用头道茶冲洗茶杯

要保证滚烫

第二道是品

茶水暗红

盘旋着自然的神韵

她先给客人杯子斟上

然后自己抿一口

双眼微眯寻找状态

口感丝滑

沁心沁脾

好茶必须好水泡

天地之物

无需添油加醋

入　夜

心生恐惧。怕
零点还没睡着。怕
敲门、停电、打雷
卫生间玻璃的缝隙
还没有糊上，一刮北风
就尖叫，像冥间某种
乐器。怕思想离开肉身
找不回来
怕被鬼魅附体
牛头、马面
房间融入黑暗
黑白无常的锁链哗哗地响
小唯把头发拿下来梳理
卡莫西多突然探出头
怕下坠。螺旋
深洞无底。掐自己的大腿
咬嘴唇，找到了疼痛
却又不敢睁开眼睛

夜 钓

此刻，江水适合谛听

江面停着夜色

江水从左边流来

无声无息

再往右边流去

两岸柳树茂密

垂钓的地段

是一个汇水湾

一块岩石

坐出两瓣印痕

若有月光，看着像熊猫

伸手不见五指

鱼群上行，一如既往

我打量着黑夜

想象咬钩的感觉

铃声并没有尖叫

我是失败的诱饵

夜行鱼眼光雪亮

静观我来咬钩

高　埗

三江六岸
河水丰富
问不出年龄的
老榕树随处可见
下江古村落依然热闹
慵懒的人们
咬着牙刷看看天色
看看左邻右舍
鸟儿在树上采摘
一些龙眼砸中行人
蓝天高远
小吃店飘来肠粉的米香
一群土狗争风吃醋
年过半百的人心怀大事
天天展读《广州日报》
面前的茶壶
沉浸着乌龙的岁月
老厂房进驻了新机器
轰鸣声充满喜悦
打造出一派生机
这里的人敬重一座桥
像敬重自己的脊梁
他们为自己的地名自豪

认为暗含步步高升
这个祥瑞之地过去是小岛
如今四通八达
含苞多年一朝绽放
香气自华
博物馆比肩
茶、酒、陶瓷、眼镜
让人心胸开阔
流连于小镇工业文明
操着湘鄂赣川口音的人
心情舒畅
不再思念遥远的故乡

冬　天

对于夜猫子
黑夜拉长几个小时
是一件惬意的事情
可以潜伏于心思
可以不着边际
像乌龟喜爱砂砾
喜爱岩石和朽木
把头缩进坚硬
生养心安理得
最好再来一场大雪
落在下半夜
飘飘洒洒
湮灭夜行人的足迹
掩盖喧嚣的真相
最好给隔壁那个婴儿
一点安慰
她太爱哭了
虽然人生险恶
也要从容不迫啊
像我
紧一阵慢一阵
也走过酸甜苦辣五十年
最好再来一场温暖
不要火苗，脱掉怜悯
把你的温度交给我
把我的交给你

许 我

一头落寞的狮子
迎风站立，目不斜视
凝视星辰，其实
是想你看到它飘逸的雄姿
我的毛发所剩无几
却总想演习最后一次冲动
许我抚摸你窗前的落花
许我亲吻你两鬓的苍茫
许我背负余生
驮两肩创伤，装两眼迷茫
追赶你的背影
狮群远去，凛冬来临
一床雪白将包裹我的残喘
以你的眼角看我
看我的屹立
看我面前料峭的悬崖
看我对远方的蔑视
以你的嘴角
画出一抹微笑
许我为所欲为的微笑
许我以骨头长出草木的微笑
许我以残爪
刻一尊你的微笑的微笑

喝啤酒的民工

就两包花生米
喝完了六瓶啤酒
然后相约去转转
路过一家酒店
看到一溜豪车
锃光瓦亮
倒吸一口凉气
说一声我靠
他们从这些车前
一辆一辆走过
边走边指着对方说
这个是你的
这个是你的
然后互相追赶
然后哈哈大笑

卖葱人

七十多岁
天天卖葱
我是他的常客
他每天来得很早
坐在菜市场拐角
铺开一张蛇皮袋
一把把排整齐
然后掏出烟锅
神态轻松
自信得让人不敢还价
葱很新鲜
根须像老伯的胡子
整齐洁白
我忍不住问询
老伯哈哈一笑
用烟杆指着我说
又问了，我不是卖菜的
我是卖葱的
我家只有一分地
我只种葱
我卖的葱要贵点
要够我吃肉喝酒

女 工

晚上十点
一个下班的女工
突然哭了起来
同事们赶紧询问缘由
她并没有解释什么
哭了几分钟后
擦干眼泪
扫了一辆单车就走了
她是老员工
在厂里干了五年多
前几天刚过二十八岁生日
有两个孩子
老公没有工作
在家中客串男保姆
她几乎没有请过假
每天七点打卡
中午利用休息时间
奔回家喂奶
晚上进门先给孩子喂奶
再给他们洗澡
然后打扫卫生
凌晨一点上床
早晨六点起床

三年过去了
老大会喊妈妈了
老二看她会笑了
她不敢买衣服
不敢进美容院
那次办工作证照相
摄影师喊"大婶该你了"
她还把这个当笑话说

想　念

今夜我不再想你
我想念石凳上的温度
想念扯在松针上的发丝
想念桃花源深处的一条石板路
想念一封没发出去的信
那张纸上流淌着几道泪痕
想念某晚突然造访的大雨
还打着雷电
你的哆嗦一阵紧过一阵
想念花生米、皮蛋、馒头
和你细密洁白的牙齿
想念一扇窗户
灶台、水缸、蓝色的围裙
想念那年冬天我生病
你全程陪护的病房好暖和呀
想念一只纯木洗脚盆
那些滚烫的水呀
我不是无情之人
我的想念是一根丝线
无论何时无论何地
一端系在我心头
一端缠在你心头

上　锁

小时候
我爷爷经常说
要把我的嘴巴安把锁
最后因为忙生计
他把这事忘了

正式工作时
我父亲送我六个字
少说话多做事
他再三叮咛
一定要把嘴管好

一位职场前辈告诫我
说话有技巧
有些话只说不做
有些话不说不做
群聚要守嘴

同事分享说
说话要看人
要说别人喜欢的话
这叫口吐莲花

否则就是吐不出象牙

每次碰了一鼻子灰
我总是埋怨爷爷
当初没给我上锁

二伯的早春

吃完汤圆
年就过完了
现在只等春风
吊在屋檐上的种子
秤尖已在泛绿
房梁上的巢穴咧开嘴
念叨着燕子的归期
农田缝补着二伯的脚印
犁铧拉着老水牛
翻出滚滚泥浆
二伯初冬沤的农家肥
现在冒出黑泡黑水
灌了水的农田
就像穿着一面镜子
照着我二伯的蓝色衣裾

早春乍暖还寒
柳树抱紧身子
几只早醒的青蛙
仰躺在枯草丛
晒着白花花的肚皮
一些远行的车辆
后玻璃贴着一路顺风

三三两两的人在送行
别父母、别妻子、挥手、再挥手
土蜜蜂挥洒着腊梅的香气
替冬天美言几句
我递给二伯一支烟
他夹到耳朵上
然后又要了一支
深深吸了一口说都要拆了
去哪里我都要把我的地带走
把我的牛带走

老槐树的春天

父亲去世后
老槐树也停止了泛青
据说它是我父亲成亲时栽的
三十多年后
老槐树已经要三人合围

我为老槐树砌了围墩
每个月都要浇水
一晃又二十年过去了
虽然老树没再开出一星半叶
也没有干枯
我认为它还有生命的气息

丁酉年开春
女儿为我贡献了一个外孙
我发现老槐树挂了新绿
一串串白花正在吐蕊
此时泡桐还在沉睡
杨柳还在打寒战

人们很新奇
摆了腊肉和苹果跪拜
喜鹊静立在枝丫并不发言
女儿也在人群里看热闹
怀里的宝宝四顾张望
满眼新奇

喊 山

小时候我喜欢藏在大山里
长大后还是喜欢藏在大山里
在西山坳那棵野酸枣树下面
我就坐在白茅草围住的岩石上

这座大山蹲在我家南边
步行只要二十分钟
我知道有一道狭缝斜切进去
那边便是我独行的地方

我喜欢跟大山一块儿发疯
这已经成为习惯
父母一直不知情
结婚后妻子也浑然不晓
每周我都要消失两个小时
至于去了哪里
一般没人问起
老实巴交是我的保护伞

我最喜欢干的一件事
就是逗大山玩
每次我都会喊"我爱你"
大山也喊"我爱你"
我喊"我——爱——你"

大山喊"我——爱——你"
我喊"我——爱"
大山喊"我——爱"
我喊"你……"
大山喊"你……"

最后我在心里喊了一个名字
没敢让大山听见

及时雨

都说吃亏是福。结果
他吃了很多亏
老婆跟人跑了
他带着儿子
白天劳作谋生
晚上缝补浆洗
一半女人
一半男人

他一点没变
谁喊一声都会去帮忙
有时正在吃饭
有时已经入睡
有时在地头劳作
村里人叫他"及时雨"

推选他当村民组长
年终算账他倒贴一万多
别人欠的电费水费
他也没打算去收齐
他承包一个小安装工程
不好意思说不
结果人多了

工资发得又不低
亏了

有些长辈数落他
不会顾自己不会顾家
把他的脸说得
一阵红一阵白

老家又下雪了

老家传来下雪的消息
南方却很闷热
我打开窗户房门
把海风请进室内

老家下了两场雪了
我按捺不住乱想
雪景中的人童心荡漾
回归到天真无邪
我看着电视上雪飘
瞬间觉得胡子很冷

老家又下雪了
漫天飞雪拥簇着降临在
干燥的屋顶上
瘦削的老桑树上
闲坐的石碾上
红艳的鸡冠上
寂静的井台上
沉默的枯荷上

以及
我父亲母亲荒芜的坟茔上

梦的解析

半夜总被梦哭醒
真的哭。醒来还在抽搐
枕头上也湿了一片
然后就努力回忆梦境

梦中老家从地球上被抹掉了
再无家乡的影踪
事实上已接到搬迁通知
我还跟我弟弟商量过
补偿款的事不大
关键是要做好父母坟墓迁移

梦见高考落榜
跟我一起看榜的奶奶
一头晕倒在盛夏的阳光里
事实上那年我真的落榜了
跟着我看榜的奶奶真的晕倒了
阳光太毒
奶奶高温中暑

在梦里失恋了
哭几天不肯吃饭
事实上我真的被那姑娘甩了

准确地说是她父母不同意
据说我哭的时候她也在哭

梦就像一本书
说明好多事并没有跟时间私奔
无论有意还是无意
历历往事就蹲在那里
随时潜入你的酣睡
撕开你的伤疤

女孩的自白

我妈做人很好
我做人也不错
她哭着说
我不知道怎么会这样

我不想回家去
我喜欢待在宿舍
我不喜欢家里
尽管离家只有几站地

我回去干吗呢
四岁跟爸妈来广东
就被关在出租房里
跟捡来的布袋熊玩

母亲下班回来
经常抱着我流泪
高中毕业我学茶道
至今当了三年学徒

父母攒了一头白发
早出晚归
有时我做了一桌菜

吃的人只我自己

谁敢做我的男朋友呢
父母没有社保
老家的房子盖了半截
老家还有爷爷奶奶

爷爷八十多了
奶奶卧床三年了
去年他们才有了点补贴
少是少点我相信会好起来
女孩泪花中绽放出笑容

周 末

这种游魂状态
在凌晨打破了鸟的宁静
我吹了一声口哨
一些花朵骑着疲惫的羽毛
落到还青着脸的地面

不想喝茶不想饮酒
不想读书不想说话
从一方墙壁到另一方墙壁
如此反复

晨风解开黎明的睡衣
睫毛点燃两抹红晕
总是在此时想安静下来
闭着眼睛
跟城市一起浮出夜晚

黄皮树上的长尾鸟开始派工
它们不顾我的感受
欢欢喜喜地飞出树冠
该恋爱的恋爱
该筑巢的筑巢
我把玩着手上的钥匙

拿不定主意是否出门

今天周末
宿舍里就我
大楼里就我
我把龙头打开
水哗哗哗倾泻
声音刺耳

六一儿童节

这天我发了几波红包
只发有小朋友的群
每次发九十九块
包六十一封
有人抢了五六元
有人只抢了几毛钱
一律以表情答谢
二十四小时后退回一些
这没关系
发红包是气氛
抢多少是手气
现在想起昨天
天啦
我居然没有写诗
别人都在写
从早晨开始就在写
边写边发
我打算晚饭后写
我喝了酒
九点多就睡着了
我不知道自己睡着了
一觉还睡到大天亮
醒来就蒙了
没有写诗
我答应过要给小外孙女
写首诗

一杯好茶

一杯好茶
要看茶叶
要看产地
要看采摘时间
要看炒青手艺
要看是不是有虫洞

一杯好茶
要看水
是不是天然水
是不是小姑娘汲水
是不是用陶罐装
是不是清冽得有点甜

一杯好茶
要看泡茶的火候
要看水的温度
绿茶八十度
发酵茶九十八度
有些茶还要煮
如藏茶有很多树枝
要煮沸五分钟

一杯好茶
要看与谁对饮
要看话题是否投机
要看心花是否怒放
最好窗外有雪
有蝶飞
有吹箫的美女

如果可以

如果可以
我要跟雁阵学习队形
学习顺从季节和白云
历练南来北往的从容

如果可以
我想让黄河长江调头
西部高山流出母乳
数万年滋养
而今需要反哺

如果可以
我要骑上秋风
飞往心中的草原和森林
在你的梦乡系一根红绳
写一些文字留在你的清晨

如果可以
我要割下几缕月光
编成琴弦
把时间弹出雪花
把雪花弹出白发
把白发弹出沧桑

魂兮归来

屈子为何选择汨罗江
登上一枚乌篷船
高歌一曲引苍天流泪
曲终，竹简散落江面
来年春天
江中楠竹挺拔
枝头挑着残雪

江山还在缓慢生长
一江春水继续向东流
龙舟还在
汉子们年复一年在此接力
喊声震天
祭天祭地祭江水祭屈子

胜者凭江而悼
败者亦凭江而悼
艾叶从红酥手中跌落
黄縢酒要有点药香
才压得住浊气
两岸的人比阳光更热烈
放鞭炮放烟花
吃染了兰花鲜汁的粽子

戴着柳条帽的孩童
挥洒着栀子花青青的香

屈子，魂在哪里
找你于传说
于五月初夏
于深不可测

众生苦短

众生苦短
也不可平等
蛇蝎可以入汤
虎豹骨头可以泡酒
穿山甲和老鼠可以红焖
以生蚝取油
以熊掌炼汁

人已打败老虎
端坐于食物链顶部
俨然众生之首
所谓高等动物
其他的只能是低等
一物降一物
理所当然

人也吃人
不吃肉
只吃命
不需要武器
只需要手段
口蜜腹剑
笑里藏刀

众生皆苦短

想通了海阔天空

想不通落下

一身病痛

卖酒者

不可以不喝
不可以少喝
卖酒者
戴着镣铐跳舞
他要在每一个喝酒的场所
有一席之地
要在每一桌酒席
能有一杯之地

以面红耳赤
以深水炸弹
表达
酒醉时呕吐
酒醒后流泪
曲尽人散
踩着路灯
卖酒者
和自己的身影说话

无论四季
无论白天黑夜
卖酒者总是
深一脚浅一脚
踉跄在卖酒的途中

跟我的神明论论理

头顶三尺有神明
来，神明
请坐下
有些事情我们摆摆
现在很安静
除了这些不安分的蟋蟀
除了必须流淌的月光
让我看看你的眉毛下
紧锁的两枚空洞

一路走来
采撷空气、阳光、雨露
换取雾霾、压抑、名声
步履跌宕
已不堪重负
汗水和脊背弯度成正比
熬夜和高血压成正比
说好的若即若离呢
就在前面、前面

游荡的云朵想找一个线盘
月色披着满头银发
依旧沉默

我的神明
对我了如指掌
看破不说破
无非是天机不可泄
艰难、苦乐、曲折
都归属于我
莫非一切真有安排

无诗贴

导航随车辆开到了湖里
主人被狗拴上了绳子
失眠者把月亮引到了小树林
大雪拥抱着滚烫的铜壶
白桦树吃掉了啄木鸟

沉默表达了内心的孤寂
石头谋划着和羽毛赛跑
腊梅捎来春的消息
院子里玩捉迷藏的家畜
盘算好了今年春节的丰盛

光阴探寻岁月的深浅
小鱼游上了人的眼尾
冬月绽放的桂花
担心雪压枝头
两串材质不同的佛珠
共诵一声佛号

灰尘给墙上的相框穿上冬装
久空的马桶已经生锈
蜡烛被一段杜撰的忏悔说哭了
进退两难是一个死局
微醺的天际展露的
是黎明又是黄昏

这一年

这一年，一条鱼在秋天跑上岸
惊飞了所有的猫
这一年学会了发呆
学会了如何捕捉一些文字
然后一个一个摁进烟斗

这一年，和一棵古树成了忘年交
给他朗诵我写的诗歌
多听听他的看法
这一年，一些奇怪的念头跳出来
比如去找寻雨燕的窝
比如月亮变红的夜晚我更想喝酒
比如我磨了一把刻刀
请一块陈年木头坐到我面前
却没有木屑飞溅

这一年，特别盼望一缕炊烟
特别想念一株低着头的高粱
特别惦记河边一块很光滑的石头

这一年啊，我也不是两手空空
比如意外收获了一场鹅毛大雪

赶雪的人

赶雪的人
站在雨中远眺
一些藏在树上的鸟
紧张不安
坚硬的雨水从羽毛上滚动
坠入红尘

赶雪的人
赶着乌云的方位
赶着大雁的背影
赶着自动翻页的黄历
赶着老北风
赶着落叶、干草和石头
赶着干燥的天色

赶雪的人
顶着白发
系着白围巾
戴着白手套
哈着白气
眼睛里盛开着漫天雪白

禾花鱼

在湘西土钵菜
经不住再三劝说
我终于点了禾花鱼
和鲫鱼长得一样
两头尖中间肥厚
菜籽油把鱼鳞煎得金黄
撒了葱花和尖嘴辣
架在炉上炖煮
土钵噗噗冒香
房间充满鲜美的味道
禾花鱼是鲫鱼近亲
命却比鲫鱼苦
同样是鱼
因为刺也可以嚼食
最终连一副骨头
也没留下

女工宿舍

四层楼只有一个出口
早晨七点准时打开铁门
女工们穿过一个过道
淹没在一座
二十四小时亮着灯的车间
晚上十一点
她们一朵一朵冒出来
熙熙攘攘走向铁门
一楼亮灯，二楼亮灯
三楼亮灯，四楼亮灯
右侧尽头是洗漱间
她们拥挤着在走廊排队
端着装着物品的盆子
看着门缝里焦虑的灯光
听着里面欢快的水声
有些白色的泡沫溜到门外
偶尔有一两个女工说悄悄话
互相打笑一下
十二点整保安拉电闸
整座楼沉没到夜色里
刚洗的衣服在悄悄滴水
保安乱晃着手电
像挥舞着一把妖刀

他故意从水帘里走过
用力抽抽鼻子
吹了几句小调
咔嚓一声
铁门落锁

新年倒计时前想起几句诗

浪花梳理着柳树的倒影
鱼对水的口感提出了质疑

海棠花开错了季节
几树腊梅对此有些议论

天色低到了屋顶
却始终没收到下雪的消息

山雀子还在观看蚯蚓打洞
忘记了做过冬的准备

啄木鸟敲开几片老树皮
找寻着开春的许诺

远山的古炮台依然沉默
大片的红叶已显黑青

南城的楼群每晚灯火通明
其实没照到一个人影

新建的马路边埋下了许多大树
年后又有几棵答应春风点名

乡音谣

村头的老樟树微微点头
说着那年那时那刻那个孩子
被一个帆布书包牵着
被一个人造革旅行箱拖着
几只守夜的萤火虫
打开黎明的霞光

村中间的老街还很光鉴
块块相连的青石板像一本相册
定格了一页页往事
我抽出几截
寻找奶奶泪水哗哗的叮咛

怀揣三十年的心事
已在他乡沦为异客
老迈的北风拖着胡须
他们反复摸着我的脸颊
证实我瘦弱的身份

环顾四周
记忆里的面孔已悄然离去
一些陌生的人显身其中
乡音依旧
我的乡音亦依旧

今夜睡一座大山

原谅我没有焚香、跪拜
就这样闯入
骑着十里春风和花香
挥舞着小道观里升腾的炊烟
携带着唱晚的鸟鸣

溪流的音曲
在两座高耸的山头之间
从茂密粗野的盘虬之间
清澈见底
我就像一个弃儿
面对坚硬的岩石
心生依恋
我更像一个固执的隐者
跟着落日的余晖
将大山视为最终的墓地

今夜枕着山峦睡
抱着林中的大树睡
像穿着苔藓的石头那样
像游戏溪水的小毛鱼那样
像夜空中自在的浮云那样

大山弯下身子
花朵捂住惊叫
深邃的夜色等待露水
要为我题写几句箴言
黑色鸟已消失在天际
它们要去打听黎明的消息

闪　电

鸟都睡了
巨大的树冠
孕育一滴露水
月华飞出了眼帘
滑向一座被夕阳遗忘的湖

想去春天偷一个梦
植入冷夜的暮色
想去你心里裁一抹浅笑
点燃隆冬
无话可说了
也无人可说

失眠会丢失白天
这样想着更无睡意
背上的琴
弦骨突然断裂
星光漏不进茂密
这林间的小径
蛇一样
蜿蜒、冰凉

薄霜落在冬夜的颈窝

白雾围拢裙裾
步履弓起足尖
惊慌如一群离岸的鱼

凌晨的闪电正在酝酿无声

偷

这里只适合偷梦
偷白云的牛羊和积雪
偷她变成的仙女和菩萨

这里亦是我的梦乡
我经常做着大义凛然的梦
在黑暗面前没有恐惧
有时我在梦里偷看星空
偷看月亮上面的人
雪莲花披着刘海
如影随行

大青山西边就是无人区
我站在最后一处风口
偷看黄沙和烽烟交错
偷看远峰露出真容
偷看那蓬骆驼刺
开出几朵胆小的小米花

我想偷走贪婪
偷走坚硬的暴风
偷走无情的枪声

我　想

我想给你一个月亮
要比天上的好

我想给你一片草原
要比北边的好

我想给你一座房子
要比海边的好

我想给你一个我
要比现在的好

徐汉洲诗选：水的样子

藏茶煮黑豆

雪风揉搓，白太阳炙烤
三千米海拔的压力
管束着这些树的高度
把掺杂着枝丫的树叶
捆绑成干牛粪的形状
于是马背上长出了驼峰

一块黑砖头褪去黄袍
被锋利的茶刀肢解
用花梨木箱醒茶十五天
用井水润茶十五分钟
捞出来晾干

把水煮至沸腾，待微凉
敞开壶盖扑着水气再煮开
细心的茶艺师
随手投入一把黑豆
空气中窜动起花香
原始作物复杂的气味
像撒一把小虫
钻进品闻者心扉

她说头发枯黄要补一补

她还说藏茶有个秘密
就是可以和中药同煮
比如加黑豆
可以健脾
她的眼睛比黑豆更黑亮

一岁的外孙女

1.

一岁的外孙女
打翻了一个名片盒
一百多个人
一下子塞满我的小书房
有人抽着烟
有人喷着酒气
他们说着各种方言
特别是那个李月桂
声音老尖
跟人说话时
喜欢先拍对方肩膀
我突然想起
她走了两年了

2.

外孙女最喜欢光顾我的书房
扶着墙
MM MM喊着就来了
然后把我的书
我的笔
我的香烟

都拂到地板上
但她不撕书
那天
砰的一声碎裂
一把紫砂壶开了花
这把壶跟我二十八年了
算来和我女儿是同岁

3.

每次我出差回来
她的眼神充满疑惑
开始时喜欢
还拍手欢迎
我要抱她
却死活不肯
我强行抱
她就哭
尖叫放赖
她外婆扯下我的帽子
她就转涕为笑
就来亲我的光头
原来她不认得
戴帽子的外公

三　月

那只小鼹鼠就是我
胡子上沾着新土
拱开露珠和黎明
在湿漉漉的草丛中撒泼
快活得吱吱叫唤

那只山雀子就是我
衔一口春风漱漱声音
编织好翅膀的花色
跳到更高的枝丫上
对着蓝天就要歌唱

那棵小草就是我
在霜冻中锻压
在大雪中孵化
在立春时节抖落冰寒
破土而出

三月
我不再沉默寡言
我想搭乘一支烟花升空
我想踏几只落英逐月
我想趁着最好时节
做做梦
做点异想天开的事

一元钱

怀念父亲
要从一元钱说起

礼拜天中午
学校门口多出一个人
一身蓝涤卡工作服
戴着十八圈麦草帽
硬扎的胡须昭示着性格
眼神如电
他就是我父亲

黑脸膛明显沾着煤粉
矿上发的肥皂都交给家里
说自己"多冲洗几遍就行了"
他牵我的手时
指甲缝和指尖都是黑的

他带我去大众餐馆
花了一元钱
用肉片汤肉包子把我装圆
然后跟着他走进供销社
他掏出一元钱
买了《红楼梦》《三国演义》

父亲送我回学校时
又递给我一元钱
我把钱夹在日记本上
后来钱花了
本子上留下了一元钱的黑影

踩　曲

这些麦子饱满得疼痛
就像孕妇的乳房
这些金色的麦子
通过黑色的皮带
运输到不锈钢机器里
粉碎成麦麸
浇上烧开的河水
用棉布盖好

这里是黔东北
群山深藏不露
每年五月
十里八乡收割麦子
东一坡西一坡的梯田里
麦子被高原的阳光
烤得呼呼冒气
直到变成金色

端午节这天
家家户户夜半起床
镶嵌在两岸的一座座小山村
灯火通明
一筐筐被催眠的麦麸

抬到方方正正的堂屋
油气灯喷射着雪白的火苗
花喜鹊注视着每道工序

姑娘们撸起裤腿
光着脚丫踩着一框框麦麸
麦香由脚板向上爬行
她们唱着一首古老的歌谣
身姿轻盈
男人们望着白皙的小腿
若有所思

百年如一的踩曲
年复一年
在躁动的初夏
一年的造酒生计开始了

老酒库

为谁所酿造
我们只能说出是哪一年
也能查出哪个班组
却说不出是哪一个人
因为酿酒不是一个人的活

在赤水河两岸
无数座木楼依山而建
常年被河风揉搓
昼夜聆听着河水絮语
每一层空间里
摆放着无数麻坛
孕育着陈香和厚重

所有的酒都站立在一起
像兵马俑一样
排着整齐的队形
彼此谛听
彼此依存
岁月在静谧里悄悄老熟

尽管彼此没有说话
这些酒坛

有的在一起度过了八十年
有的一起过了四十年
他们沉默着
宽怀而深沉

七个轮次

做人有等级
做酒也有

哥哥总说妈妈偏袒弟弟
妈妈说傻孩子
手心手背都是肉

事实上
不同的手指头有自己的功能
酿酒的七个轮次
有自己的内涵
缺一不可

一杯酒
有苦有甜
有酸有涩
有醇厚有悠长
有绵柔有爆裂
有回甘有爽净
调和着七个轮次
调和着优劣
调和着众口百味

有人说我要第几轮次的酒
单轮次的味道
就像一个没有经过打磨的人
苦中没酸
酸中没甜
甜中没涩
喝三杯就会发腻

烧坊遗址

站在传说面前
三大酒坊
被写成了许多版本的书
每一本都很厚

面对三块石碑
寻找着故事的细节
石碑并没有上漆
也不光滑
照不见世事的影子

一拨一拨的老酒香
撩拨记忆之弦
暗示着蛛丝马迹
一遍遍默念三个名号
成义
荣和
恒兴
古井已经尘封
刨开的作坊
袒露着古人的智慧

暮色深处

三个舞者

恍若来自前世

发髻、髯须、长衫

叩问着二十四节气

探寻端午踩曲重阳下沙之谜

五四年记：暴雨

三昼夜暴雨
村庄洗为平地
谷子被洪水吃掉
玉米和小麦变成水草
来不及跑到高处的人
跟牲畜一起被急流卷走

许多亲人葬身水底
浑身发胀，像吹了气
有的没有了耳朵
有的眼睛成了两个黑洞
鱼变得凶猛
爷爷亲眼看见
一头牛被咬成一副骨架
只需要一锅烟工夫

那三日三夜啊，爷爷说
天是黑的，没有光亮
门一打开，一座湖涌进来
你奶奶差点被呛死
爷爷人高马大，那天
他背着我父亲，拉着奶奶
狂奔到对面山
听着老屋轰隆一声
被大湖吞进肚子

徐汉洲诗选：水的样子

五四年记：暴晒

大水之后
三天暴晒
夜里也有烈焰啊
天地喷火
爷爷强调说
湖水都是滚开的
在冒烟。又有些人热死了
水里泡着死尸
有人不顾丢命
冲到水里分辨亲人

对面山的红土冒油
树叶一律被烤焦
有人拿了篾席
搭成凉亭
爷爷捞起一只鼎罐
将湖水煮沸
他不许大家喝生水

天地恶臭
三天后
湖水退到过去的位置
什么都没有了
只剩饿殍
爷爷说，湖水又被
老天爷喝干了

爷爷的澡

爷爷说他这辈子只洗了一个澡
他说，这辈子有这么一个澡
死也闭眼了。让我爷爷如此满足的那个澡
是在离我家有一百二十里路的地方洗的
那是我父亲工作的煤矿。我爷爷
因为借钱步行前往的。路生，问了很多人
爷爷声音很浑厚，像他的肩膀和脊背
每到一个岔路口他就问，东风煤矿走哪一边
径直走还是走顺手还是走反手
一路上这么问着，从早晨天麻麻亮
走到头顶上的日头再跌到西边摔碎，咣当一声
被夜晚吞了。我咽了一口口水
爷爷也咽了一口口水。他说，快到了
爷爷的脚有四十五码，他足蹬解放鞋
每只鞋上五花大绑了草绳子
那双只熟悉湖水的大脚把路程一尺尺缩短
我始终骑在他的肩膀上，开始我还跟爷爷聊着
萤火虫，星星，快看又一颗星星掉了等话题
等我醒来，父亲正笑着看我
爷爷拍我一巴掌，递给我一个肉包子，那个香啊
煤矿的广场上正在上演第二场电影
天上星星繁动，月亮和乌云正在较劲
等我们吃饱，父亲说去泡个澡吧，还不到12点

水还是滚的。我爷爷说，渔民泡什么澡
天天泡在水里。父亲说，那不一样，这是滚水
爷爷还是犹豫。父亲说，穿我的衣裳，我有一套干净的
爷爷这才跟父亲一起去矿上的澡堂子
里面一口大池，像一口蒸苔的大锅，爷爷睁不开眼睛
父亲叫他把衣服脱了。爷爷不肯
后来看到矿工们都是光着身子，这才飞快脱了
急速跳到水里，大喊一声，像张飞一声呼喝"啊也"
急速跳上来，说，好烫啊
父亲笑说，你先用滚水拍拍身子适应一下，这样
他给爷爷浇水到胸前和后背，然后帮他轻轻地拍两下
爷爷再次下到池子里，等了一会，身子缓缓溜进水里
他做了一个深呼吸，缓缓呼出胸腔里的气息
鱼腥味，泥臭，汗臭，桐油的陈腐纷纷跌落水里
爷爷慢慢地闭着眼睛，头发上呼呼冒着热气
父亲拧干一条毛巾，敷到爷爷额头上
然后帮爷爷捏肩膀，爷爷享受着，鼻腔里哼出小调
澡堂里的人慢慢走完了，我爷爷还泡在舒服里
父亲说，我们也走吧，都泡了一个钟了
上中班的人要出井了，爷爷说这么快啊
然后爬上池子，身体却很软，他笑着说
我把老骨头泡软了，然后大笑起来
爷爷每年就过年时洗一个热水澡
烧一壶热水倒入一个小木盆里，蘸着毛巾擦，那不叫洗
有时奶奶也会过来帮忙擦背
边擦边说，二十七，洗龌龊

那时湖风凛冽，洗澡只是某种象征
一九七二年开春，爷爷要走了
他拉着我的手说，爷爷很满足，没遗憾
年前泡了那么高级的澡
爷爷会闭上眼睛满意地去。我太小
对他的话似懂非懂

爷爷的蓝帽子

一顶软檐工人帽
蓝色的。里面有一片菱形的标签
上面写着"团结"两个字
帽子应该小了一号
戴在爷爷头上飘飘欲坠
这帽子跟爷爷形影不离
夏天遮暑，冬天御寒
垫屁股，驱蚊虫，挡风雨
爷爷大半时间在湖上打鱼
有时在船尾划桨
有时立在船头撒网
湖风刻薄而凛冽，湖水拉起浪排
乌篷船时而站上浪尖，时而跌到浪谷
那帽子始终趴在爷爷头顶，像安了吸铁石
有人说爷爷这顶帽子是定情信物
对此奶奶没有证实，她总是笑而不答
她却告诉我另外一件事。那年
去照相馆照两人合影，帽子不见了
你爷爷恨不得把照相馆挖地三尺
他的拳头捏得咔咔直响
来了很多民兵，差点把你爷爷绑了
你爷爷反复说，我帽子丢了，帽子丢了
原来是照相师傅的小孩拿去玩了

奶奶说的这张照片珍藏至今
这也是爷爷唯一留在世上的音容
只见爷爷头戴小蓝帽，局促不安
和奶奶肩并肩站在一起
奶奶面容端庄平静，面露和善
爷爷神情木讷，但目光深邃
他头顶上的帽子像蹲伏的鸟
几年后，奶奶笑着跟我说
你爷爷的蓝帽子藏着一个秘密
这是他一辈子的秘密
但没等跟我说明白奶奶也走了
后来我问父亲
父亲说那不是什么秘密
大家都晓得你爷爷是秃头
只是你爷爷以为别人不知道

爷爷的鱼叉

我家乡有湖有山，叫作湖山
家家户户有鱼叉
下湖可以刺杀晒壳的脚鱼
上山可以捕获凶狠的野猪
我爷爷的鱼叉有所不同
像伸开的五指，三根齿粗长
带倒钩，其余两根短尖
锋利得如同手术刀。叉杆的尾端
缠着十数米的软绳，我爷爷丢叉
在箭飞的鱼叉脱手时，顺势抓了绳子
刺中猎物身体时，他会猛拽绳子
叉子借力回到爷爷手里。我听闻
只要我爷爷想要的野物
基本上都手到擒来。有一次
我要吃麻雀，因为看到同学吃麻雀
用泥巴包裹放谷草里烧熟
香气把全班学生的自尊粉碎
男同学口水四溢，女同学轻咬嘴唇低下头
爷爷开始不同意。看到我双眼生出乱爪
改口说好好，然后去楼上拿出飞叉
叉尖寒光四溅
我跟爷爷窜进村后的杉树林。时值初秋
鸟们一身笨肉，只顾吸引异性，放松了警惕
我爷爷瞄准一个树杈，扔出了飞叉

一只斑鸠应声跌落
爷爷抓起猎物，就带我回家
我奶奶很是高兴，一边拔毛却一边埋怨
"不晓得多打几只回来"，爷爷说，你不懂
"你要一次把斑鸠都打完吗"，说着收好飞叉
爷爷的飞叉还有很多故事
其中最出名桥段是他要杀死我父亲
父亲犯糊涂去参加武斗活动
傍晚回来背着两支枪
他嘴角叼着烟卷，脸膛红扑扑地，还喝了几口
夕阳里倒映出一个高大的身影
提着飞叉拦住去路。多年后，我父亲还说
我以为无常现身了。爷爷大喝一声
"狗日的跟老子跪下。"我父亲见这架势
转身便跑，父亲体格健壮
奔跑的速度很快，但爷爷的腿长
很快父亲就进入了鱼叉的最佳射程
当时还没出村口，有不少人围观
见证的人说，你父亲看到危险就把枪丢了
开始跑蛇步，后来跑进了高粱地
你爷爷的飞叉就像长了眼睛
追着你父亲的脚步，最后杀中了他的鞋后跟
你父亲趁势纵身跳进了高粱地后面的湖里
等你爷爷第二叉扔向湖水，你父亲无影无踪
后来，你爷爷就抱着鞋蹲在湖边哭
再后来，他把手里的飞叉折断
扔进湖里

梦见那个提黑提包的人

面前站着一个人。

很熟悉的人。

背对着我。宽厚的背。宽阔的背。

你不害怕吧？浑厚的声音。一丝丝烟草味入画。

不怕。父亲。你，你的黑提包呢？

不明白为什么会先说黑提包。

小时候。每天盼望父亲回家，盼望他的黑提包。

那个黑提包来历不明。父亲说是他朋友给的。

母亲说是他从舅舅手里抢来的。成了谜。

正好我想问问他。父亲，你的黑提包呢？

哪次没带？鼓鼓的。你猜对的不多吧？你是故意的。小杂种。

一只极其普通的黑提包。两根提拌。一尺长。乾坤大。

每次都猜对了好吧。肉包子。发糕。我最喜欢的面窝。老虎钳。

桃子。牛奶冰棍。还有汽水。大虾糖。云南白药。原子笔。量角器。

红烧肉。那回真没猜对。隔着黑提包，有一丝温热。软软的。

我狠命闻着。身子有点轻轻发抖。幻想飘飞。但没有猜出来。

花了你父亲一个礼拜的菜金。下个礼拜只能啃辣萝卜条了。

但我不管这些。我洋溢着兴奋。这是大肉包子啊。母亲叹了一口气。

你装吧。哄我开心。你这个家伙。你尾巴一摇我都晓得你心事。我有点得意。

这个黑提包提回了我一家七口人一半口粮。亲爱的人造革手提包。

很快就塑料皮发软，拉链蹦开。父亲自有办法。他拿回一卷炮丝。仔细缝合裂口。炮丝很细。五颜六色。父亲说，新三年旧三年，缝补缝补再三年。

这个手提包就滚了一个花边。我母亲还在底部托了一块厚薄膜。

我喊道，父亲，那个黑提包我给了你的。你没看见么？

被你烧了我提个灰去呀。父亲笑得很憨厚。我感觉到父亲依旧摸了一下稀疏的头发。

可是道士说不烧你拿不去啊。道士知道个屁。骗活人的。骗不了死人。

我很吃惊。白袍。拂尘。砍一根毛竹。杨幡。金童玉女。黄铜钹。老鼠胡须。看来我们搞错了事情。阴差阳错。

可惜了那个黑提包。父亲。你能转个身么。我看你一下。父亲缓缓转身。缓缓转身。

日月旋转。春秋旋转。年轮像一把锋利的刀片。我听到切割岁月的声音。

我醒了。

今天又是礼拜天。窗外阳光如金。

卷
二

我出生前十个月的母亲

一

她是个新娘
刚刚脱掉红色花棉袄
脱掉了两颊红晕
她的双腿像麻秆
贴身肚兜里躲着两只小兔子
她卷起裤腿
下到田里薅草
才过五一，田水保持着寒彻
她打了一个冷噤

二

她是个新娘
三个月后人们就忘记了
跟大家一样，穿着
补丁叠补丁的衣服
把一头青丝盘成发髻
惹来了几只蝴蝶
她像男人一样地头田头
没日没夜。一天记八个工分
按生产队的算法值六分钱

三

她发现腿肚子变粗的时候
我已要来人世间报名
她若无其事
继续去大冶湖里挑水草
有时还下水里捉几尾小鱼
煎到两面黄给父亲下酒
为了避免我的累赘
她在肚皮上缠一块棉布
缓解农活时弯腰的重负

四

母亲的胸脯开始发胀
因为我的调皮
她经常轻轻摸着肚子
她仰望着蓝天，忘了干活
六个月后步履蹒跚
身材就像吹了气
母亲的食欲越来越大
老年人说要吃饱要吃饱
母亲经常是吃了吐吐了吃

五

脸上开始长斑
母亲不在乎这些

她经常会双手合十
口中念念有词。不知道
这是外婆传授还是自学成才
她还找了很多旧衣物
缝制了很小型的衣衫
做了几双花布鞋
有的直到我上小学才合脚

六

终于到了十月
她走不动了。她经常坐在
一盘草编的蒲团上
幸福地发呆
在月底的某天凌晨
我大闹胎腹。最后嚎啕大哭着
露出真面目。母亲虚弱地说
这个小老鼠像个讨债鬼

相 信

徐汉洲诗选：水的样子

相对于更专业的解释
我愿意相信自己的臆断
在一万英尺的高空
无垠的雪野跌宕起伏
那些巨大的雪山
那些荡漾的雪湖
那些深邃的雪洞
我相信那里有孤舟
有银色大鸟
我相信这极寒之地
零下六十五度是常温
我相信有神正在那里
燃烧一堆干柴
煮一壶老酒
聊聊人间烟火
我更愿意相信
那个弓着身子添柴的女人
是我逝去多年的母亲

冷　笑

如果阳光真的很温暖
缘何空中那么冷
如果地球真的在旋转
缘何我脚下的云层不动声色
我头顶上的蓝天深不可测
一轮明月独自发表着
冬夜的感言
星辰睁着亮晶晶的小眼睛
未置可否

很多人在沉睡
他们不问前程
只顾忙着尘世的美梦
面对太空的渺茫
麻木不仁
飞机的翅膀严肃，僵直
保持着高度紧张
放眼窗外，地平线携带着黄昏
和我们的飞行速度保持平行

机舱电视在直播战争的消息
我用嘴角拉出一丝冷笑

梨花又开放

去年梨花开了
前年梨花开了
远山一片白
远山在下雨
远山有人在哭

我躲在窗户后面
寻找着花海里的哭声
几只喜鹊说我多事
衔来几朵雪白
扔到我的窗台

今年梨花开了
远山一片白
远山在下雨
我要穿越哭泣的花丛
几只喜鹊一路尾随

我问询远山
问询花蕊
问询春雨
可曾看见去年那个
哭泣的人

总有一些痛

总有一些痛
没有重点
游走在骨头深处
看不见摸不着
有时撕心裂肺
有时生不如死

轻缓时彻骨
剧烈时抽筋
想抓起一座山
想喝住云彩
把一条路掀翻

借你几朵笑靥
编一只小船
划到我心上
唱曲、采莲、止痛

大雾降临

柔软轻薄
拖着长长的白发
伸展宽大的衣袖
掠过田野
掠过村庄

从东边蓄势
一路向西
几个小孩的笑声
像一把玻璃球
落在长苔的鼓皮上
他们拉扯着雾罩
用力摇晃
白雾翻腾
弥合着不断裂开的缝隙

从七点到八点
从九点到十点
白雾挂在羊角上
迟迟散之不去

麻 雀

麻雀哪里都有
刚刚在郑州看到两只
昨天在长沙看到两只
都很瘦弱
它们一前一后
忙碌着，寻找着
间或交流，语调欢快
这不是我老家的麻雀
我老家的麻雀很多
成窝成群
一声吆喝遮天蔽日
他们羽毛光鲜
到处害人
我奶奶为了捍卫稻谷
以竹竿为武器与之对峙
粒米不让

烩　面

在河南
满大街都是面馆
从街头数到巷尾
四川担担面
山西油泼面
兰州牛肉拉面
臊子面、热干面
却少见河南面馆
朋友说
河南面馆要用鼻子找
闻到最浓的羊肉香
闻到最浓的芝麻香
香到你的口里伸出一只手
闭着眼睛走进去就是了
河南的面
叫烩面

初 冬

土地终于开口
衔住三粒萝卜种子
一蓬香茅草
托举着几只乌鸦
凉风忙碌着丈量尺寸
赶在凛冬前
给原野订制几轮薄霜

已不再秋高气爽
一只田鼠引来几根谷禾
香樟树掉下最后一粒果实
给大地补上一笔隆重

十字路口
给一匹环顾的老狗
报出今天的考题

农　夫

劈几块晨霭
烧好早饭

牵着自己的影子
踩碎一路薄冰

去挖地
冻土哈着热气

去撒网
天空瞬间成为碎片

已过收割季
田野尽显清瘦

我是一个农夫
牢记使命

无论春夏秋冬
总有合适的活计

回 答

最不好回答的问题
是提问人自己没有说出口的
到了想得多说得少的年龄
更喜和落日对酌

没有说出口的问题
还是要回答
我把眼光扫过鲁迅
扫过徐志摩、郁达夫、戴望舒
扫过艾青、臧克家、叶文福
他们整齐排列，侠骨柔肠
扫过在冬天挨饿的蜘蛛
扫过我眼角几条懒鱼
回答什么呢
我问几场还有残温的梦
问去年一场病痛
问一张瑟瑟发抖的白纸

有些问题回避不了
没有答案意味着问题无解
骑在知天命的关隘
回头看，一阵风
吹来五十对脚印
稀稀落落
迟疑，短浅，凌乱
每一步暗藏玄机

水的样子

像一万只羊
挤在一起
挤出大门

把草原切成两半
把高原分成两堆
从高处往低处
从峡谷
从石滩
像一把犁铧

冲开黄土和陡峭
穿过岩石和岁月
一路奔赴
东一股西一股
南一股北一股
汇聚成洪流

像一群大鸟
呼啸着
快速地飞
勇猛地飞

从长江口、黄河口、珠江口
射入大海

多么像一尾巨大的鱼啊
无影无踪

我比故乡走得更远

两百年前
有人从江西逃往湖北
在一条大江附近
找到一座大湖
在江湖之间安家
在肥沃之中安身
在桃红柳绿里安心
他使了力气
育十儿九女
最后四代同堂
我们把他叫落业祖
两百年后
这里已是一座村庄
生息着一脉八房六百人口
日月和炊烟有规律升落
到我出生已过十六代
我从小就想长一副翅膀
飞出家乡
越远越好

如今千里之外
故乡变成一轮月亮
每天下半夜升起

照得我的梦疼痛
而故乡
满脸胡茬的落业祖
一定端坐在祖坟山上
伸开枯木一样的双臂
搂着无声的愿望

我是有故乡的人
只是
我比故乡走得更远

守　着

我喜欢这样的夜晚
空无一人
菩提守着我的两鬓灰白
青石凳守着两杯浑浊
夜空守着无垠
劈波斩浪的新月
守着即将纷扬的露水
柿子树守着一百盏旧灯笼
一滴露水守着风烛残年
我喜欢这样的夜晚
宁静是唯一的主角
她坐在我的对面
飘荡在我的四周
我在心中作一幅画
把醉意描成仙女
把出窍的灵魂
涂成小白兔
我想蘸几笔夜色
填半截诗句
我不写蟋蟀求欢
不写今宵酒醒何处
我泅渡在深秋
我要砸开生锈的眺望
在月华的大幕上
画一匹白马
守着一条通幽的曲径

落　叶

一片落叶
衔着春风发芽
唱着蝉曲成长
在秋风中咳嗽
西北风呼号时
跌落于树干

可能是一片
陪衬三角梅的叶子
可能是一根
挑逗小松鼠的松针
可能是一柄
提着蒲葵花的扇子
最终都将埋藏于大雪
失去盎然
誓言熄灭

我也是一片叶子
渴望被夹进某本书
这是最欢喜的归属

乳 名

好久没听人喊我乳名了
我自己都忘了
只是这个深秋的夜晚
下弦月磨亮刀锋
撬开记忆的缝隙
一团乱麻的碎片中
确实有人喊了一声
现在想起来
那是我的乳名

记得我的乳名的人都走了
最亲的四个人
都是喊着我的乳名走的
目光像快要熄灭的灯
攥紧我的手喊我乳名
我爷爷喊我时我很害怕
奶奶说快答应啊快答应啊
奶奶喊我时我只顾哭泣
父亲说快答应啊快答应啊
父亲喊我时我茫然失措
母亲说快答应啊快答应啊
母亲喊我时我肝肠寸断
我也呼喊着母亲母亲

从此再无人喊我乳名
有几个老辈人虽然也喊我乳名
但不是那种喊
那种无论我在千里万里之外
每喊一声我的心头就会颤抖不已
我的眼睛就会滚出热泪

灵 感

有时，为了等待灵感
我就枯坐
脑海里争先恐后
冒出一些奇怪的词
人生、酒局、三高、木星上行
这些词之间没有必然联系
我却后背发凉

我经常埋怨灵感来无影去无踪
有时裹着棉絮等
有时夜半睁着眼睛等
等到了又觉得
灵感这东西像梅干菜
发霉、干巴、满面皱纹
加块肉，又很香诱、丰腴、爽滑

新　曲

钢铁在石油上流动
人类置身其中，危机四伏
他们越来越不安分
幻想着速度和出色

城市仿照银河系
一圈一圈扩张
从一环到八环
一条条绳索
捆不住急躁和膨胀

红砖和石头热恋
欲望节节攀升
跃过大树和大山
离天越来越近

城市的空地
布满动物雕塑
人们赋予很多想象
憧憬未来的世界
只有人类自己的日子

花草感受不到春夏秋冬

植物频频错失季节
开出的花
忘掉了颜色和香型

无师自通的知了
比一般歌者更有实力
它们志存高远
逃离肉身再次化蛹为蚕
还奏响新曲
远播声名

求雨者

那年土地干裂
山河断流，世界滴水不剩
庄稼晒成柴禾，一触即发
一个女人跪上土台
磕头作揖，苦苦哀求

头发散了像个疯子
衣衫褴褛像个疯子
眼神忽明忽暗像个疯子
村里人都逃荒去了
她喊他们不要走
就要落雨了就要落雨了
她望着天喊着老天爷
眼睛已看不清天空颜色
太阳狠狠灼烤她
没有丝毫怜悯

她的泪流干了
她的魂魄也被晒干了
头和脚勾到一起
像一只煮熟的对虾

想起来了

想一个人
想到梦里流汗
我用一把蛛丝马迹
搭建一个临时的轮廓
好看的面孔十分模糊
像在雨中擦镜子
想起来那双眼睛
睫毛像两排哨兵
整齐划一
想起来那些纽扣
不知怎么开的
反正就这样开了
反正就这样开了
我的胸腔仍然炙热
手指像十根铁钎
沉重、迟缓、滚烫
想起来了想起来了
你骂我好笨
声音像蚊子叫

突如其来的哭泣

我打赌你猜不出原因
与天气无关，天已放晴
昨晚的狂风暴雨无影无踪
与巴士无关，车上寥寥几人
宽敞得可以玩猴戏
与马路无关
车流稀疏让人欢畅
与行李无关，该带的都带了
一应俱全
与感情无关，几十岁的人了
和睦、相敬
如同行船已到风平浪静处
与邻座的美女无关
我忍不住想碰碰她的衣服
当然这事不会真的发生
不发生也很美

与后排白发男人无关
与他的来电铃声太响无关
但他喊了一声妈妈
说妈妈母亲节快乐
然后又说
妈妈我赶回家吃中饭

然后我就哭了
越来越夸张

我想我妈了
她离开我二十一年了

在路上

烈日提着我的影子
我提着水和词典
鸟窝提着最后的风向
白云像我敞开的衬衫
正午时分，原野像烧红的煎锅
炒着树木、庄稼以及
干涸的河床

没有遇见任何人
沿途摆满动物丢下的骨头
我的脚步已经无法停止
两侧的禾苗开始自燃
褐色的土壤散发出
不明的气息

道路曲折起伏
汗水的形状似曾相识
道理在脑海里褪色
有些路
走着走着无需回头
有些人
走着走着无法回头

一个不靠谱的承诺

十年后。我面对
一棵红豆杉哭
树木正值返青
一株梨花带着晚妆
躲在一滴露水里张望
阳光穿过厚厚的林荫
重重叩问我的额头

伏在冠丛中的蝴蝶
就像一枚熟悉的发卡
竹叶青在开水中挺立
表现出大山的刚直
园子里还没有茶客
两只手喷射着磁力
靠近，抓紧

城市里只剩下我们
年少的红豆杉
根本体会不了慌乱和脸红
一团热气点燃风暴
从头到脚，从五脏到六腑
如果可以，我许诺
要把天空开在你的梦里

要把果实结满你的生活

紧张也能让血液奔腾
平时上了锁的嘴巴
此刻飞出了白鸽，不止一只
飞过戴着八角帽的城市
飞过瀑布一样迷幻的刘海
你的身体颤抖成一泓溪水
我的掌心攥紧一座火山

如今，落红淹死了府南河
所幸春风还在
趴在耳朵眼里的话语还在

文明与罪恶

有人说，文明从一块兽皮开始
一把草一片树叶已经显示不出英勇
从洞穴、草棚，到泥巢
从山上到山下，从树上到树下
从靠运气获得，到刀耕火种
兽皮越来越成为强者的象征

有人说，罪恶从一块兽皮开始
裸露的肌肤越来越少
兽皮的面积越来越大
每个光鲜的华贵
背后站满无数
浑身流血的生命

某晚失眠

有天晚上睡不着
跑到阳台上看天色
像大圆盘的银河系
此刻不知道飘到了何处

空气有些浑浊
雾霭像某件年久的裙子
一角拖在我的阳台
一角拖在马栏山
白茫茫地扫过桂花树冠
惊醒了鸟儿三更好梦

我扯几把白雾反复端详
已找不到蛛丝马迹
也许我已经失忆
也许银河系正在天上
让我心跳过速的
其实是我的呼吸

放下和心态

智者说，放下，放下
贵者说，心态，心态
放下和心态的关系是
放下就是超脱，超越，超级
心态就是从容，从善，从命

有人能放下
比如在寺庙
面对九丈高金佛
面对方丈手中禅杖
面对悬崖峭壁
面对清冷孤寂
暮鼓晨钟，日出日落

关于心态，哦，心态
我先来磕个响头
谢谢你，阳光、爱情、生活
我始终心怀感恩
心怀进步和坚韧

基本一致

有人问我混得怎么样
有几套房
有几个家
你泡过外国妞吗
然后笑，我也笑
我给他散香烟
掏出假名牌打火机

然后我问他
你有几套房
你有几个家
你泡过外国妞吗
然后我们都笑

平稳过就不错了
大富大贵要等祖坟冒青烟
我们想法基本一致

记一次露营

我睡到上午九点才醒
秋高气爽
我站起来舒展一下身体
一串问号迎面砸来

我睡在草地上
帐篷却在两丈外
我奔向帐篷
拿出衣服快速穿好
我坐下，喝水，拿烟，点烟
手机仍然没有信号
昨晚写的微信还没有发走
我再冲进帐篷，拿钱包
我出来，再进去
我抓起车钥匙，双肩包

我"嚯"地抽出防身刀
四周空无一人
只有山风和跳舞的茅草
我头皮嗡嗡直炸，毛发竖起来
我大喊一声
仓皇逃窜

哦，神秘的武功山
宽阔的山顶大草原
据说全国数一数二
每年吸引成千上万的人
去
露营

漫 步

如果把我丢到宇宙中去
哦，不对
我就在宇宙之中
月亮在宇宙
地球在宇宙
太阳在宇宙
银河系在宇宙
我站在地球的脊背上
月亮在对岸
太阳在对岸
这是五十万亿年后
我
漫步于漫天星辰

想到一个过去的地方寻找自己

这一辈子去过多少地方
天知道。我在自己的梦中
一无所知。一如我认识的人
结交的人，还彼此陌生
想去我去过的地方
可是我总记不起方向、地名
记不起有哪些面孔，还有
推心置腹的曾经

我经常在梦里问
我去过这里吗？我去过那里吗？
神绽开黑色的微笑
其实我不是不知道
我所去过的地方，我只是
总记不起那些在梦中
与我擦肩而过的人

对所有去过的地方
要去的地方，我都会仔细问询
我问询的对象是
石头，树木，阳光，麻雀
石头不语。树木摇头
阳光从指间逃脱

麻雀的方言我听不懂

我当然知道我是谁，只是现在
置身于虚空
我以月色垂钓夜空
以花苞储存多余的心思
我发现人们眼神躲闪，不敢直视
我不断去想一块平原
一米波浪，一片叶子
一张已无值守的蜘蛛网
寻找托付

我是一个需要喝点酒的人

如果不喝点酒
我想不起身上还有血脉
想不起母亲说我
文不文武不武
想不起老师说我
你这个作文天上一半
地上一半，想不起
当时我是哭是笑
不知道自己
得了批评还是表扬

只有喝点酒
我的心中才有奔腾
才会绽开一泻千里的大河
才会有倔犟的泪水
我的思绪是一群烈马
在凛冽的冬天
找到那道熟悉的炊烟
坐在土灶前的奶奶
不停地发怔，她想她的
孙子了，当年那个叫汉儿的
长着双眼皮的小学生

我不是一个嗜酒之人
只是经常需要燃烧一段往事
点亮一片情怀
只是需要借几杯陈年老酒
灌溉寂寥

七月，父亲喊风

一队人马走在七月的热浪里
火苗燃烧着田埂
他们光着脚丫，背着谷禾
领头人宽厚的肩膀上
驮着一捆百十几斤新稻
后面依次跟着
一个十七八岁的少年
一个十五六岁的女孩
一个十三四岁的男孩
一个十一二岁的男孩
一个八九岁的女孩
押尾的是一中年妇女
他们都背着一捆稻子
或大或小
领头的人转身看看
自己的队伍，哈哈一笑
一扬脖子大喊了一声
阿……吆……阿……吆……
我排在第二位
我知道他在喊风
最后面的母亲
也知道他在喊风
可母亲却喝道
徐德水
你以为你捡了宝吗

名 字

我建议你收藏植物
一百种植物
一千种植物
把你的房间全部放满
把你的心头全部放满
给它浇水施肥
剪枝授粉
让它开出各自的花儿

我建议你收藏书籍
一百本书籍
一千本书籍
把你的房间全部放满
把你的心头全部放满
给它分类摆放
除尘除湿
让它结出各种果实

我建议你
要记住这些花的名字
要记住这些果实的名字
要记住你是谁

我和雨的那点瓜葛

我喜欢下雨天
不用出去干农活
把脚洗干净在家里看书
或者望着雨丝发呆
后来态度大转弯
是因为我奶奶

那天风和日丽
我奶奶决定去割黄豆
"终于盼来一个好天"
"地里的豆子都要炸了"
奶奶说话间带好镰刀
让我提着茶罐一起下地

挥汗的奶奶看着太阳说
"只要明天不落雨就到手了"

吃午饭时陡然刮起大风
奶奶把心悬了起来
天空眨一下眼，白云立马变黑云
奶奶喊着"我的黄豆啊"冲向地里
大雨就劈头盖脸抽下来
奶奶跪在雨中双手合十

从此卧床不起

此后我不再喜欢下雨天
一直到高中认识了女同桌
她的名字叫小雨
我又觉得下雨天很美

我选自言自语

下半夜梦到满天星斗
触手可及。像多年前的禾场
空气中飘散着稻谷的新香
好多人睡在竹床上
把炎热的夜晚整齐排在一起
人们守着谷堆、月光
守着荷花、老故事和孩子
老牛守着草棚
星星多得像奶奶晒的芝麻
牛郎织女快要拥抱
吴刚天天在砍那棵砍不断的树
我奶奶很惋惜
这些都已翻篇好多年
现在一堆繁星想告诉我什么
赶紧阅读几枚古币
说"境遇安全、长辈惠泽"
宜焚香磕头
宜自言自语
宜早睡早起

祖 母

踩着三寸金莲
二十三岁改嫁

在上家生育了三个
跟爷爷搭伙后
又生了一男两女
男的就是我父亲

长着一双巧手
和男人一样上地下湖
我家是半渔业户
上半月居水上
下半月居岸上
她的日常起居
除了三间瓦房
就是那条乌篷船

长着一口糯米牙
能把玉米、红薯、茅草根、刺槐花
嚼成白的浆、红的浆、黄的浆、紫的浆
喂到我的嘴里
她的声音有点甜
像蘸了芝麻糖

天　籁

她经常吟唱
曲调很少重复
唱的每一个音符
像撒出一把萤火虫
让人做梦

在她的吟唱中
村庄的躁动会安静下来
大湖的波浪会安静下来
她独处的时候也会哼唱
知了会安静下来

村里有个孩子
满百日后还是哭闹
哭得人们关门闭户
哭得赤脚医生要去跳河
大家都说孩子怕是要"丢"了

她把孩子贴紧胸口
抱了三天三夜
唱了三天三夜
唱得婴儿停止了抽搐
咧开了小嘴

顶 针

祖母的簸箩里
装着针线、剪刀、锥子
还有一枚顶针

顶针是纯银的
用一块银洋打造
三公分宽，有点花白
布满了麻坑
这是她的陪嫁

祖母经常戴着它
纳鞋底，滚鞋面，做棉袄
我的单鞋，暖鞋
都出自祖母的双手

有一次顶针不见了
祖母翻箱倒柜，要挖地三尺
直到我母亲回来
还给她顶针

祖母给我买了新铅笔盒
是我做梦都想的那款
结果母亲揍了我一顿
怪我逼祖母
拿了顶针去换

竹　床

竹片做的凉床
已被汗水养出了包浆
奶奶说，这上面有你爷爷
你爷爷的爷爷的味道
是个念想，要好生守护

竹子砍自老屋后院
四脚选用老竹篼
没钉一枚铁钉
没捆绑一根麻绳

每年三伏天
我在竹床上午睡
总觉得有一只手掌
在我的血脉里
刻写传承的符号

我经常凝视竹床
我看到父亲的刚直
爷爷的深邃
竹床并不隐晦往事
像一面铜镜
闪现着逝去的岁月

第一冲担

能杀猪，能杀人
于十八般兵器之外
两头尖利
现在用来杀草头

我家的冲担全村公认第一
十九斤重，第一
两米三长，第一
两头由铸铁打造，第一
用了一百多年，第一
挑一百八十斤担子不弯，第一

武装过游击队
据说武林高手
拿它跟大刀王五过招

土改时落户我家
自作主张的爷爷
被我奶奶骂个半死
本来分我家的是一架风车
"你爷爷那败家子
却硬换了这条冲担"

徐汉洲诗选：水的样子

村人偷笑没多久
身材瘦削的爷爷
拿着这条写满故事的冲担
杀草头，杀柴捆，护村
成就了好口碑

细蜜枣树

这棵树像你爷爷
他害了一场大病
没了人形，只剩骨头架子
粗大关节，脸颊深陷
披着一张皮
奶奶在这棵树下念叨
树上结满了细蜜枣
"你爷爷病得头发都落光了"

多年后我回到老家
不见枣树的身影
不见奶奶的身影
我进城的那年
奶奶穿着黑色长袍
整整齐齐去找我爷爷了

那时枣树还在
恰逢初夏时节
枣树开出郁郁寡欢的碎花
村里人说，这花不快活
怕是今年结枣少

果然，那年没枣可打
枣树在北风中哭了
整整一个冬天

驼　叔

他生下来就驼背
四十岁还是单身

农活做得好
犁田耙地，播种收割
上房揭瓦，下水抓鱼
宗宗受人称赞

过小年那天驼婶进门
家家户户送完灶神
外面又燃响一串鞭炮
从门缝里漏出的灯光
照亮了一个女人的扁平

此后一段时间
驼叔每天起来得很晚
干活回来就会关上大门
制造一点慌乱的动静

终于获得回报
驼婶为他生了一个儿子
接生婆放在巴掌上掂掂说
这个小老鼠六斤

从此，六斤成了孩子的乳名
从此，六斤成了六叔的心尖肉
从此，六斤捧在六叔手中
驮在六叔背上、骑在六叔肩上

驼婶

驼婶的腰板挺直
嫁了驼叔得了这个称呼
六斤四岁那年
驼叔在工地上往后跌倒
抬到医院，当晚断气

驼婶嫁给驼叔时
是黄花大姑娘
老家是邻近穷县，很苦
做农活根骨粗
相貌少了些女孩的矫情
言语却轻声和气

驼叔走后
族人思虑着安置六斤
驼婶说，谁也不给
嫁鸡不随狗
这是我的命

驼婶勤快
母子俩衣着干净体面
六斤上小学后
别人有的他都有
而且让同学眼红的是
他每天还吃一个煮鸡蛋

六　斤

六斤不争气
初中时就晓得去撩女生
拿了一张肄业证去广东
学了三年裁缝没有出师
却把个女人的肚子搞大了
为此差点丢了性命
那个女的是有夫之妇

驼婶开始发狠捡破烂
破布、塑料、瓶子、铝盖、牛骨头
一分一厘攒成大票子
然后汇给儿子
驼婶把自己皲裂的手和脚给六斤看
哭着叫他要做个有用的人

后来六斤渺无音讯
十多年后的一个夏天
驼婶死在自己的床上
十多年间
这个目不识丁的女人疯了一样
把胆小的脚印印遍了大半张地图

驼婶死后的第七天夜里

有个人在坟前守了一个通宵
点了几根蜡烛
留下一地烟头
四听空啤酒罐
一堆薄薄的纸灰
几滴冰冷的眼泪

对一块地刨根问底

一块地到底有多厚
黄土里到底埋藏着什么

从我爷爷的爷爷挖到现在
挖出了十八代人的血脉
岁月的胡须一茬茬收割
骨头里的年轮比麦浪还密
十八代人的长度摊开来
已越过三百年光阴

雨水一过，三月开始返青
祖祖辈辈荷锄上地
弯曲着脊梁布施虔诚，一招一式
恪守规矩
用一层层拌了农家肥的黄土
呵护庄稼的根基
以一行行脚印遮挡着
北风、飞沙、蝗虫、洪水

布谷鸟还没回来
瘦地率先挂绿
麦苗高调蹿个
躺在炕上的爷爷扳着手指头

倾听着作物分蘖、灌浆、拔节
土地吐纳着新鲜的空气
腥气中流淌着缕缕新鲜
庄稼茁壮成长

爷爷说：你把书读到牛屁眼去了
这土地啊是个宝
根本没有底
跟一代一代人的乳汁
喂养一代一代人
一个道理

大冶湖（一）

一千多平方公里的大冶湖区
有垒山头断崖
有周要洲，横山岛，有
千帆竞网
打捞一湖金光的恢宏
东风吹来，有
十万条鱼欢跳于浪尖的气势

大冶湖湖连湖
就像一个连环套
从高空看像一窝鸟蛋
连着保安湖黄金湖尹家湖梁子湖
在这里拐弯的长江像一个感叹号
大冶湖群则是
一座座村落休养生息
丰衣足食的饭钵

大冶湖沿岸
居住了两百万人口
黄金山脉幕阜山脉交错
长江从西塞山越过要冲
大冶湖携一众兄弟丰腴肥沃
人称江南鱼米乡

在我幼时的视野里
大冶湖烟波浩渺无边无际
以为这是世上最大的湖
几十年过去了，我见过无数大江大湖
我也知道了大冶湖名不见经传
奇怪的是在我面对更大的湖甚至海洋时
大冶湖在我心头碧波荡漾
像一面大幕覆盖了我的视野

我始终牢记凛冽的湖风
牢记爷爷胡子眉毛上的冰霜
多少年以来
我固执地回望大冶湖
有时在午后的阳光里
有时在夜半醒来时
我叩问酒杯
叩问梦乡
你是大冶湖吗
你知道大冶湖吗

静夜思

随风潜入夜的
是远道而来的庄稼
稻菽高举着田野
跨越漫天星辰
大江大湖尾随
波涛声一浪高过一浪

在五月
小麦正在灌浆
竹笋更加高挑和自信
捧一把新鲜欲滴的梅雨
装进子规热烈的歌谣

没有了母亲的故乡
麦地里还会探出谁的打量
布谷鸟的嗓门已经苍老
声音夹杂着哭腔
它还能去喊谁来插禾呢
人们已不需要某些提示
比如立夏耕田小满灌水

深陷城市的思忖
在二十四层高的平台

想到蜜蜂值守老屋
想到作伴孩童的蝴蝶
扳痛了手指
也算不出归期

听到故乡的老槐树开花

远行的花香
辨认着我的门牌号
直到确认我就是要找的人
一抹春色
欢娱了我的视野

这些花白里透紫
像一串串葡萄
是我少年时爱吃的食物
长出这些花的树
皮肤粗糙，四处流浪
它们在房前屋后，地头田尾
瘦弱地生长

这是很委屈的树
跟稗子同命
理由是做材料太软
做柴火筋巴
花虽然能吃
但现在还有谁会吃她呢

我抚摸着一棵老槐树
心里流淌着苦涩的浆汁

透过晶莹的雨丝
我闻到卑微的花香
紧跟盎然的三月
兴高采烈

挖镣的三爷

这里渔民打鱼叫挖鱼
挖鱼要用一种叫镣的工具
十根钢刺，长短不一，间距不一
像一柄古代的兵器
挖镣的人站立船头
以镣为工具吃水五尺
拉开架势气沉丹田
左右来回画起半圆弧线，大鱼小鱼
只要碰上锋利的钢刺
立马穿透

三爷曾经也是挖镣高手
但他不愿意去挖小鱼
他透视水底
尽量使锋芒躲过天真的小鱼
有一年霜降时节
解放鞋没有抵住船头的滑
三爷连人带镣跌入湖里
一根钢刺插穿了他的大腿
从此他把镣藏到了楼顶

大湖也有肥瘦
有的年份鱼欢虾跳

有的年份干净得像被篦过
湖水消逝，奄奄一息
人们蜂拥到湖滩，拿着镣
把斑秃的湖挖了个底朝天
连鱼鳞都不剩一片

三爷右手拿着生锈的镣
左手牵着三个孩子
注视着热闹，一言不发
少顷，转身返回
夕阳匀些余光
照着他一瘸一瘸的前程

我要对一个谎言负责

有些事情
过去越久远
越忘不掉

那年初夏
天气燥热
我奶奶用父亲矿上发的毛巾
给我缝制了一个新书包
书包上"东风"两个字非常醒目
上学路上，我心情格外清爽

我边走边吃着一把煮蚕豆
卤煮蚕豆的八角香
让我很有幸福感
路过公社大门口时
发现里面的干部
在慌乱地搬东西

至今想起来
那些人脸上弥漫着恐惧
我以为又要开批斗大会
没敢放慢步伐

一个声音却喊起来
哪个生产队的？
叫我吗？不会吧？
我继续走
喊你呢！
我犹豫着止步、回头
就你！你！！
公社主任用食指正使劲点着我

以后的事情就是一片空白了
我只知道往家里跑
奋不顾身地跑
我跑得很快啊
我觉得要超过班里瘦麻秆邹三三了
她可是学校有名的飞毛腿

我沿路喊着队长呢队长呢
我跑到生产队队部，没人
我跑到对面山，没人
我问村头的老柳树
老柳树说你爬到我肩上看看吧
我就看到了一群人在新垦区劳作

我继续跑继续喊
队长队长队长
鞋底与鞋帮子分家了

我索性脱下扔了
新筑的田埂有很多白色的贝壳
我不怕硌脚
我喊着队长队长

一个妇女从田里赶上来
喊着我的名字
那是我的母亲
我不顾，我喊队长
一个胡子茂密的中年男人摘下"十八圈"
瓮声瓮气地说什么事呀

我却放声大哭起来
哭得社员们一头雾水
他们从泥巴田里纷纷围上来
眼神里迟疑地分泌着某种担忧
什么事呀，这孩子

终于等我哭完抽泣完
我跟队长说
公社领导叫我紧急通知
今晚12点要发地震了
如同晴天霹雳
众人立即丢了工具往家里扑去
有的人连衣服也不要了
队长在后面说

赶紧回去赶紧回去做点好吃的

下午到晚上
村里比过年还热闹
小孩子们停课了
家家户户杀猪杀鸡
一时间猪在惨叫
鸡毛满天飞
黄昏时分
宽敞的禾场里摆满了竹床、木床
社员们早早洗好了澡
有的扶着老人
有的抱着娃
禾场里人声鼎沸像要放电影

有个八十多岁的五保户不肯离开土窝
被巡视到此的大队民兵连长
派两个全副武装的人
抬到了禾场
面对五保户的号啕
有些人开始沉默

月亮明朗
和昨晚没有两样
人们在心里画起问号
到了午夜

气温回落到一天的最低点
有些人裹起了被子
患气喘病的八爹也收窄了
滚豆子一样的呼哧
空气都快要凝固了
这时
不知谁放了一个连环屁
大家不约而同地惊叫起来

一觉醒来
艳阳高照，一切如旧
兴奋紧张已经从社员们脸上消退
大家开始收拾物什回家
一个老太太挥舞着棍子追打队长
边哭边说
我家的猪才50斤，还是猪崽子
有几个年龄较大的老人围观着
一言不发

那年我九岁
是小学四年级的学生

乞求书

最近闹心
翻来覆去，不能平复
于是想去哪里拜拜

拜菩萨
菩萨笑而不语
敲一下钟，又敲一下钟
我递上一个红包
和尚双手合十说道
菩萨叫你放下、放下吧
阿弥陀佛

拜耶稣
十字架鲜血飞溅
人类的罪过并没有一笔勾销
战争还在继续，瘟疫还在继续
生命的代价
并不能唤醒
理想中的悲悯

我求苦
给我苦
先苦后甜
或者
不甜不苦

人生在世

人生在世
上蹿下跳，左冲右突
像卡在网眼里的鱼
从一个细胞跟另一个细胞
纠结开始。植于黑暗
苏醒于最深处
长出骨头、心气
长出疼痛
上苍赐予光明、温暖
赐予空气、白天、黑夜
而我们都是不听话的孩子
不相信因果
不相信报应
依然大大咧咧
我行我素

早晨说鸟

每天必须的早课
忏悔、祷告、感恩
为吃掉的虫子、茧蛹
为田野里古铜色汗水
声音干净、婉约、清亮
歉意盈满露水

有自己的家庭责任和任务
恋爱、结婚、生儿育女
有自己的生存使命和哲学
一夫一妻制的楷模
一根树杈不会有两个鸟窝
规则清楚
和人类保持着若即若离

有自己的生活态度
不抱怨，不推诿
没看见它们有社会等级
没看见它们穿金戴银
让我妒忌的是
这些鸟们
总觉得自己很快乐

玻璃窗

婆说要看日出日落
于是父亲拆了木窗棂
安了一块玻璃
又靠窗安了一张床
婆靠在床上，抚摸着亮滑
很新奇很满意

从此她每天看黎明看黄昏
看风看雨看雪飘看飞鸟
看生产队打钟
看我放学回家

婆还要我给她说说
日头的光里有没有金丝线
白云的身影是匆忙还是悠闲
风儿是像饿得发疯的牛
还是像吃饱睡足的猫

她每天会告诉我
出门带不带伞穿不穿夹衣
婆去了四十年了
她的眼睛在中年时
就看不清东西了

枇杷树

晚餐后散步已成习惯
怀揣自己的流年
沿着一格格方形地砖
拷问来路
东十年，西十年
北十年，南十年

或者这就是志在四方
当年的义无反顾
如今变成一排排问号
每隔一年种一个
每隔两年种一个
有的长着白发
有的长满累赘
高矮不一，胖瘦不一

至于故乡
许多承诺像哈出的气
自己像一朵没根的云
越飞越高，越飞越远
面对许多关切，越来越不敢回答
只想低声问一句
老屋那棵被砍掉的枇杷树
几时开花，几时挂果

痛

其实我很怕痛
我经常把自己弄痛
有时为了驱赶瞌睡虫
把大腿掐得像一幅油画
有一次脚指头踢折了
接骨时疼痛难忍
郎中几次被我踢翻在地

我爱人比我更怕痛
她痛起来要喊着我名字叫骂
那次她痛了几个小时
就骂了几个小时
我心惊肉跳
直到那个新鲜的肉坨子
热乎乎地溜到人世间

他嘹亮的哭声
封锁了我爱人的嚎叫
我透过颤抖的泪花
看到那是我
我在哇哇大哭
命悬一线的母亲
终于脱掉一身大汗
脸上艰难地开出
一朵橘黄色的花

无话不说

跟干裂的土地聊聊收成
跟半截老树聊聊鸟窝
跟梦中的泥砖房聊聊老家
跟光滑的公路聊聊马蹄声
跟一条流浪狗聊聊归属
跟一棵小草聊聊亭亭玉立
跟一部停摆的座钟聊聊日子
跟几个空药瓶聊聊健康
跟一堆破袜子聊聊体面
跟匆匆的白云聊聊前程
跟南飞雁群聊聊旅行
跟放牛的老人聊聊满足
跟半瓶老酒聊聊醉生梦死
跟犁铧聊聊泥土翻飞的痛快
跟下午的阳光聊聊安逸
跟一部字典聊聊渊博
跟一副墨镜聊聊风景名胜
跟一尊菩萨聊聊端庄肃穆
跟一枝蒲公英聊聊四海为家
跟河边石头聊聊母亲捶衣的力度
跟墙上的烟锅聊聊父亲的沉默

晚归的人

晚归的人
怕北风
怕一个人喝酒
怕看亮着的窗口
怕看戏

晚归的人
喜欢黑夜
喜欢寒冷
喜欢对影举杯
喜欢靠墙根而行

晚归的人啊
酒瓶里装着眼泪
行囊里装着前程
在生硬的城市
喜欢闭上眼睛
慢品嘈杂的脚步

游 物

年后出门
我要拜菩萨
祈祷家人平安
我没有为自己祈愿
菩萨要保佑的人太多
名额有限
保佑家人就好

我像一道闪电
踩着寒冬的尾巴
告别二月
迎着快要扑面的春风
迎着燕子的剪刀
高攀着垂柳的鬓发
消失于村庄
像大冶湖里的鸬鹚
一会儿在成都冒头
一会儿在南京冒头
一会儿在郑州冒头

像我这种游物啊
驮着美梦出门
背着疲惫回家

没带回病灾
没带回烦恼
一家人就开开心心
过节、过年
过着一天又一天的日子

春天的怀念

春天是怀孕的季节
树木、庄稼、野猫、石头
在大自然的调理下
敞开胸怀接纳天地之气

小麦、老树、枯荷、蛇
纷纷进入蜕变的行列
尘土弥漫的路上
蚂蚁出洞蚯蚓出洞
嫩芽从土里探头

我的期待落在树梢和地头
还有二里畈那股温泉
树上有乌紫甘甜的桑枣
地头有刺苞和栀子花
我们班的阿娇
喜欢温泉里的小鱼儿

春天总是不同凡响
我喜欢跟她泡在一起
她就像阿娇
我也想跟她泡在一起
阿娇发现了秘密
不再喜欢桑枣刺苞栀子花
还把小鱼儿交给了老师

清明祭

当四月来敲门
焚一炷香乱了心气
春风已开满树冠
抓一把雨丝做笔
以桃花作诗
以蜜蜂、蝴蝶、花瓢虫
做标点符号
以蒲公英的毕生梦想
传递一个暖心的消息

我一生追求孤单
为此研究一只蚕茧
学习包裹的技术
麦地在小雨中返青
燕子剪下片片和煦
化解冬雪的伪装
迎春花装点的料峭
已接近尾声
一根鸡血藤红着脖子
翻越一蓬乌梅的青刺

我沿着院墙
细数昨天挖好的坑
丢进大豆的种子
丢进丝瓜的种子
丢进几滴泪水和雨水

暴雨已至

执手。欢喜。
摆酒于小亭。随从退下
内心小鼓敲打。
煮酒。论龙
升腾于寰。隐潜于渊
箭镞对射
翎羽像两只愤怒的火鸟
谈笑间
英雄皆空名
万军已交锋。
挥锄。挥汗。
菜色如青玉。
布衣。髯须
长衫沾黄泥
满足于一介农夫乎
豪气。爽朗。天下在握
谦逊。唯诺。天下铭心
然也。然也。然也
真装？假象？
天色低垂。黑云旋转
青龙摆尾
汲水声彻耳。
天上的龙是大龙
人世间的龙……哈哈

使君，天下你我
狂风大作。龙须扫落匙箸
雷霆之威。脸色红白之间
暴雨已至。
火把早已熄灭。
剑出鞘，寒光四溅
剑入鞘，锋芒内卷
弯腰，再弯腰，舀起一匙酒
来，我敬丞相

剃头匠

（上）

七岁学徒
眨眼十年
师父断气前
把剃头挑子
交给他

师父视他为稀罕
逢人便让他伸出手来
说，这手像葱
白皙、瘦长、挺直、光嫩
指甲整齐
月牙红润

虽是皮毛手艺
这是师父的口头禅
师父盛赞他的手
顶尖功夫
顶尖高手
高手在民间

那些年
师父在闲暇时

摸着他的手，仔细端详
像在读一本书
临了
还会在他手背上轻轻拍拍

师父走时
使劲捉住他的手
最后硬是被人强行掰开

（中）

那间土屋
是固定的据点
青布瓦盖顶
师父说
这是五四年大灾后建的

剃头挑子
分为三部分
固定木架
摆放着搪瓷面盆
面盆布满疤痕
搭着毛巾
毛巾已经看不出原色
摆着一个肥皂盒
肥皂盒像猪腰子

上面还放着一支
蘸肥皂沫的猪鬃刷子

一方香樟树打的工具盒
像涂了陈年猪血
里面整齐码放着
一把精钢推子
一把精钢剪子
一把弯腰剃刀
一把直腰剃刀

还有一张理发椅
可以180度旋转
是师父自己打的
师父说
砍了一棵百年大树
跟人换了这截紫檀
紫檀硬，耐磨

现在
他继续使用着这些物件
奇怪的是
也没见师父教了什么
而一拿起工具
一切驾轻就熟

（下）

日子就这样
日子，就这样

八十年代初
田地到户
他的两鬓白发疯长
他先是一根根挑出来剪掉
然后就剪不赢了
他就拔
拔出了一堆黑头

有时他也端详自己的双手
看着看着就要笑
看着看着就觉得师父没走
师父倚靠在门边
跟人喝茶说女人

跟师父不同的是
现在他是半艺半农
白天去田地里劳作
晚上在乡亲头顶上劳作
有时忙得
100瓦电灯泡刺刺冒气

剃头的人越来越少
仅有几个比他老的老头
来剪剪鼻毛
刮个光头
修个面

慢慢地
剃刀越来越厚
厚到刮不动毛发
推子捏不动

慢慢地
钉在门边那块
写着兴隆理发的招牌
飘出了人们的记忆

我是一个不学无术的人

我是一个不学无术的人
从南到北，从东到西
越跑越远，越跑越让人看不懂
每天从字典里抠几个字
虚度光阴，无所作为

我喜爱大山大河
经常借夜半月光为纸
捕捉光怪陆离的梦境
比如我要在老家门口
挖一条能流到海的小溪
在老屋后院栽一座高山
我要喂养猛禽和弓箭
守护牛羊，守护鱼虾
守护我奶奶开满桂花的园子

我沉醉于想象三十年了
衣锦依然撑不起还乡之愿
壶中岁月，无论醉还是醒
我都会感到，故乡
在我心里系了一根小绳子
拉一下
我就会从梦中惊醒一下

我爱你，祖国

爷爷逼我背诵《三字经》《弟子规》
他要我在写毛笔字时
先洗手、后焚香。我父亲要我看
《三国演义》《水浒传》，他要我
能跟他一样，说书给别人听
说书时一身正气咯咯直响
说到唐诗宋词，我爷爷大有体会
他告诉我，熟读唐诗三百首
不会写诗也会吟。读了两年私塾的爷爷
讲不出为什么，他笃信先生所教
先生是晚清的秀才，装一肚子文采

至今我有鞠躬的习惯
见长辈，道再见，说感谢
我都会低头弯腰。至今
凡事忍让三分，以此保持善性
至今，以智、勇、忠、义、烈为格言

很多外国朋友爱中国酒、中国菜、中国故事
他们很想收藏我家的一套线装书
清一色正楷，还有我长辈的笔记，我想说
毛笔字你可以学会，但那些备注
你读不懂，那些行云流水的符号

记述着历代人的思考
它们只能通达我的血管

我更在意步履坚实，落地有声
遇到不测风云，腹有诗书，自有章法
我讲究严谨、果断、灵敏，讲究薪火传承
一代一代先人的智慧发迹于山川毓秀
轮到我，则以古籍、算盘、毛笔、龟甲、折扇
给儿女抓周，我传他们《山海经》
打开东南西北中，打开二十六列脉
四百五十一座山、二百一十九条河流
教他们识别四百余种珍奇怪兽的方言，要他们
牢记神奇、博大、地灵、壮美
这世上独此一处，这里是我的祖国

爱祖国，要跟你爷爷、你爷爷的爷爷一样
烧成灰
也要深埋在中国的土里

人与湖

一座湖守护着一方人
一方人守护着一座湖
有人晚上不关门
生怕睡熟了湖被偷走
有人想给湖栓根麻绳
牢牢抓在自己的手里

湖水绿了青了蓝了白了
每一个变化
都反映在村头的古井里
人都说这口井是湖的眼睛
湖累了高兴了烦恼了
都会通过这眼睛传达

湖水清冽
夹杂着一些鱼的滑
一些水草的绿
一些荷花的香
打鱼的人舀回一桶水
煮粥泡茶腌咸菜

湖是水乡人心中的神
只要头疼脑热

抓一把茶叶米
到湖边叫一叫
然后把茶叶米撒了
丢了的魂魄就能喊回来

那年围湖造田
有个耄耋老人稳坐一方炮墩
说你们只管点吧
湖没了我也不活了

父亲的手

我发烧了
老师摸得到你摸不到
还不停说烧了吗烧了吗
在哪烧在哪烧
你的手太大了
老茧太厚了，父亲

我的脚掌扎了枣树刺
你明明没摸到
却不停说摸到了摸到了
你拿着缝衣针想挑刺
却挑到没刺的地方，父亲
增加了我的心痛

早晨骑的牛发疯狂奔
你冲出拦截被顶飞一丈开外
我飞得更远
你一瘸一瘸过来抱起我
看眼睛看耳朵看后背
还要脱下我的裤子看小鸡
我根本挡不住你的大手

我经常察看我的手

想象着也长成一双大手
能搓草绳，捆草，搬石磙
从容不迫地举起
自己的人生

白发贴

前段时间我迷上理发
我先到专售老货的市场
买了一把剃刀
顺手买了一块磨刀石
刀是搽了油的旧刀
磨刀石却锈迹斑斑
卖货人说不碍事
刀一磨就开锈了

后来发现刀不管用
不是刀不快
而是我的手抖
经常把脸拉出口子
老伴及时提醒
我又到老货市场
买了一个手捏式推子

我天天都理发
有时要用两块镜子照
左照照右照照
前照照后照照

这些白发啊

怀揣岁月的圣旨
沿着两鬓往上攀升
它们一次次僭越发际线
侵略的地盘越来越大
根本不顾我的忧虑

老 李

酒桌上不当孬种
喝酒从来不输人
无论多大的桌子
无论这场酒局多少人
他都要打通关

老李的酒量
有人猜两斤
也有人猜三斤
反正就是没见他醉过
醉的都是别人
老李的酒德自有名气

一次开喝前
老李接了一个电话
脸色开始不好
他说句滚犊子
然后举起酒瓶一饮而尽
然后就醉了
睡了三天三夜
进了太平间

消息人士透露

通电话的人叫红
当天在某某酒店举行婚礼
他和老李处了四年
不久前闹了别扭

老李其实不老
今年年过四十
正身强力壮
一直未婚

晨 歌

鸟儿分散在为数不多的树上
枯燥地聊着早晨
高楼耸立。阳光至少要到正午
才能照到这些斑秃的树冠
有些鸟开始贴着玻璃幕墙起飞
最后在一百零九层失去力气
它们并不知道所置身的人间
已经成为万花筒

有些规律已被打破
主要粮食逐渐被孤立
相对于白米白面
人们更倾向于蔬菜
湖泊被填埋成虚假的平地
一丛丛钢筋水泥堆砌出繁荣
却取名半岛和水榭楼台
颁发结婚证的地方
正在忙着颁发离婚证

每天醒来何须问自己身在何处
前天北京昨天上海后天首尔
世界近在咫尺。我们注视着
飓风和热浪的形成，但无法阻止

海平面的快速上升
我们爱美，一个美女的出现
打着支架的内心也能激荡飞扬

地球的水分继续蒸发，要不了多少年
我们的母亲就像一只风干的乳房
搭在宇宙的某处风口晃荡
这些事已经无人关注。有人满嘴谎言
指鹿为马。色彩失去斑斓
写诗已无需纸笔，真正的诗人
已无歌可唱

春 耕

队长说，明天就是春耕
你们都带着家伙给我住到田头地坑里去
明早鸡叫三遍，老槐树下集合
全村五百号人
男女劳动力两百多号人
剩下的就是老弱病残，上学的小孩子
男人们回家开始拾掇家伙
女人则翻出些单衣，把老人的收拾在一起
把小孩的收拾在一起
缝一条豁口，钉一个扣子
边说，不知道这次要多少天
男的回答，十来天吧。拖拉机都开去了
比往年时间肯定要短
村子原来是渔村。守着大冶湖
后来围湖造田，一下子田地多了起来
但是距离比较远。生产队在田头地边搭了几排临时房子
左厢住男人，右厢住女人，中间是食堂
倒也热闹。就是蚊子多
黑压压的，像谁向空气中撒了一把会飞的芝麻
于是烧草包，干谷草，里面夹杂着几根辣麻豆草
蚊子呛跑了，人呛得要咳出心肺来
一百多亩水田要把草拔了，犁了，灌上水
等着插早谷秧。三十几亩旱地要把草拔了，犁了
要种上绿豆、饭豆、黄豆、豌豆、蚕豆
田埂也不能空着

要栽上南瓜、冬瓜、丝瓜、青瓜、地瓜
今年牛很给力，拖拉机很给力。都没有趴窝
为此，五条水牛和驾驶员三牛很受欢迎
有些妇女拿生红薯喂牛，把自己碗头的辣萝卜拔给三牛
十来天，队长要安排吃两回肉。平常
基本上是早晨吃红薯饭中午是白干饭晚上是手擀面
面是掺了玉米粉红薯粉的，倒也筋道
做饭的五爷据说是抗美援朝的连队厨师
身子骨硬朗。带着两个干干净净的老年妇女
每天把饭做得热乎乎的，开水瓶灌得满满的
更多的人把这阵子春耕当作一种享受。
那时的夜晚要长得多。房间里不断传来啪啪声
其实就是在打蚊子。有的两口子都在，但不好意思亲热
也没地方亲热。附近有块草地，青草萋萋，很柔和
整齐得像小孩子的头发
有对新夫妻悄悄过去，不多久，一声惊叫
女的被蛇咬了。幸好是一条水蛇，没毒
以后就没有人去那里了。
一到晚饭后，男人抽烟吹牛皮。女人屋里长屋里短的聊天
天很蓝，月很亮，春风沉醉
油菜开始灌浆，浅浅的香腥味让人有些发蒙
队长关心春耕的进度。他再三警告大家
昨天他看到草地有一条菜花蛇。这次不是水蛇了。这次会
要命。
天没完全黑时，男人仍然会拿眼火辣辣瞟了老婆看
老婆则假装没看见，依然和姐妹们谈东拉西
水牛们在牛栏里哗哗泄粪

卷

三

二 月

我的二月还没来
天还没亮
预报说今天又有寒潮
我蜷缩在被子里
我蜷缩在这所房子里
像是置身某个洞穴
不能见人
不能出门
不能露出面孔

我的二月还没来
窗帘还没打上光的水印
我的内心发痒
不知哪株花草要破土
我沉浸在孤单里
没有问候
没有心情恋爱

很多地方还在下雪
很多人跟我一样捂紧嘴巴
在二月
我们依旧看到满目的白
满目的白，正在孕育
我的二月
我的绿

原　因

举着身份证照相
恐惧迸溅着闪电
眼神清澈却装满惶惑
一些话肿胀得难受
却难以出口
时间错乱
命悬一线的城市
黑白无常很忙碌
他们叠起一具具游魂
满怀丰收
既然天意如此
倒也从容平静
遗憾的是没有活捉元凶
死不闭眼
这也是唯一的原因

口　罩

今年嘴巴最怕冷
有人戴了八层的口罩
最少的也戴了一层
有的人没买到口罩
用纱布自己缝制

看不见笑
也看不见哭
所有的人深沉冷酷
像个明星
躲避人多的地方
低着头
像有无数粉丝在追

口罩的珍贵
超越了任何礼物
有人说口罩像"雪花飘纷"
一罩难求
这个冬天，口罩出尽了风头

突 然

一元复始的日子
失去了该有的颜色
死神突然造访
摊开黑色长袍
以武汉为圆心
驱赶着
一波波惊弓之鸟

中山路的百年梧桐
一齐僵硬，武汉关的钟声
敲击着孤单的时间
过团圆年的愿望被撕碎
恐怖的阴霾横扫
汉口、武昌、汉阳
鄂州、孝感、黄冈

长江在哭
汉水在哭
楚河汉街空无一人
死神驾驶着老北风
长驱直入

天　使

有些美

没有切身感受

我喜欢白色

我喜欢干净

我的为人处世

总在印证四个字

清清白白

但我从来没有去想

白色还是安全

白色还是安心

白色还是信赖

至暗时刻

星星点点，从四面八方

集合在武汉

如希望骤至

美轮美奂

牵引光明

战　争

你死我活是决斗
你们死我们活是战争
这场战争
你们躲在暗处
我们站在明处
你们寄生于飞沫
潜伏在接触之物
还想驾驭空气

我们光明磊落
你们渺小卑贱
既然不可避免
那就来一场战争吧
卑贱者自有卑贱的行径
就算藏得再深
我们也要揪住你的尾巴
一举清零

说好的

说好的要去武汉呢
要去蔡林记吃热干面
要去户部巷吃豆皮
要找到三十年前的你我
那时我们是两个愣头青
有个老婆婆说我们是一对苕货

说好的要漫步东湖
看柳叶含翠，回顾春花雪月
说好的要重登黄鹤楼
大声喊出惟楚有材，于斯为盛
改朝换代
说好的要去武大，谛听作家班
当年的文朋诗友挥斥方遒

说好的
骚气不减当年
说好的时光倒流，看看各自的家
一变二、二变四的真相，如今
万水千山未缩短半步
相隔于两座城市的两个房间
视频完了苦笑
两家人挥舞着拳头喊加油

武汉还是武汉
初夏时节
千湖碧水
荷花盛开

武汉落雪了

低垂的天色
终于分娩
这些时日
北风肃杀
一片片白努力护着
逆行者的暖

一只塑料袋
游荡在街头巷尾
一只老狗
在红着眼睛的
十字路口慌忙逃逸
救护车满大街呼号
已经喊不出城市的眼泪

雨下得软弱无力
水泡口径再大
也画不出彩虹。那些
陌生的来客
藏于水气、呼吸
无人能见，难以拘束

一场大雪受命于危难
以铺天盖地之势
覆盖痛彻与割舍
净化空气和城市

庚子年在武汉垂钓春雪

有人在垂钓。不厌其烦地
钓着无语。水面平静
开阔地迎接初春的雪花
四方形的、圆形的雪花
垂钓人头发上衣服上
开始发白。眼睛像两口深井
井内也在下雪

雪真大啊
鱼儿被压扁
尼龙丝线像根小棍子
杵在湖面。原野披上白雪
显得很苍老。垂钓的人
没有发现，漫山遍野
此刻只有他自己
独自承受着
飞雪的轮番袭击

说什么万象更新
现在却异常安宁。空谷
回荡着雪花的嚎叫
没有火树银花，只有无尽的
无尽的雪花。垂钓人的心

一次次被勾住，提一下
撕裂一寸，再提再撕裂
有几朵梅花在笑
嘴巴像涂了鲜血

赠 予

有些赠予很贵重
比如一缕春风
比如一场阳光
有些赠予很丰硕
比如种瓜得瓜
比如要知恩图报
而此刻，请
赠予我一个季节
赠予我太平世界
请赠予我
一粒送瘟神的种子
我要把她播种在
长江、汉江，播撒在
三镇古老的大地

奔　马

在沙土里奔跑
我要亮出雄姿
跑出干劲
只有挥汗如雨
摇鹅毛扇的人
摸着胡须的手
才会停下
睡在褡裢里的银子
才会苏醒
等在前程里的花
才会继续含苞
不能惧怕
插在掌心的尖锐
不能喊痛
要定格表情
亢奋，激昂
志在千里
每一根毛发
都要向后飘逸
要跑得更快
像一阵风
本来就是风
拂过人头攒动

奔跑
灵巧地奔跑
刚勇地奔跑
把沙场染成一幅
残缺的画图

麦　地

母亲经常把我
放养在麦地里
麦地要勤松土
从出苗开始，麦子每长五寸
母亲就要给麦地松一回土
我个子瘦小，长不赢麦子
所有的麦子高我一头。那时
麦子刚灌浆，麦地冒着青气
母亲弓在沟壑里薅草
我追着红蜻蜓，淹没于麦地
母亲喊，憨儿，憨儿
我顶开一身麦穗花
寻找一片花头巾。麦浪滔滔
我穿行的麦垄，深邃如森林
但我丝毫不怕
我的胆大来自那方花头巾
每隔半个时辰的呼唤
如今麦地没了
花头巾没了
母亲成了黑白相片

春天来了

雨水饱蘸肥沃
秧苗啪啪拔节
穿蓑衣的人挖开田埂
一股暖流油然而生
过了谷雨
一切欣欣向荣
青葱变得郁郁
生涩变得饱满
蝴蝶寻找一片树叶
置办新婚
小蝌蚪长出四条腿
正在练习蛙鼓
灌满水的田野
像无数块镜子
明亮地、干净地
迎接初夏的盛装
母亲戴着斗笠
挽起裤脚的小腿
像两只洁白的藕
她查看秧苗的肥壮
打算在插秧前再下点肥
布谷鸟绕着她催促
插禾插禾，母亲抿嘴一笑
胸有成竹

庚子年清明

墓地被隔成两半
一半明媚一半灰暗
活着的人手持素雅之花
把酒倒在尘埃上
死去的人以一丝青烟
一阵风的方式现身
摇曳烛火，吹动花蕊和
烧纸钱的灰
动与静之间，光与影之间
阴阳相见

一踏上坟山
天就哭
今年的坟山好沉重
气氛肃穆，有人在辨认照片
游魂回望亲人
山风阴雨演绎清明的悲
亡灵陆续安放其中
他们成百上千
操着不同的口音

上山祭拜的人
年年增多，今年更多

人们摆放好花束
借节气之日，隔着生死
表达着思念
有人抱着新植的墓碑
用力摇晃、拍打、喊叫
有人在亲吻一张黑白照片

三月晚到一天

二月大雪封山，另有原因
街上行人稀少，车辆不多，高楼让人不安
这不是虚构，十字街头，一律红灯
所有的途径一律堵住，不单为阻挡风雪
嘴巴用口罩隔离，视线被窗户阻断
心跳被白肺压制。通过视频
了解你的存在，了解梅花在开
雪在密集地落，像有人在天上倾倒
特别是远村，远山，远水，雪花
像遇到了委屈，把东湖盖了一层又一层
其中一片降临你的眉毛，我看见手机屏幕
滋一声，旋起一道热气

三月仍然要来，该来的肯定要来
现在是二月中下旬之交，我等月末
的一杯喜酒。这是大事，且不论
时间成色，不论相濡以沫，更不论
牙齿和舌头的关系，这无关紧要
紧要的是有一个承诺等着兑现
这天一过，三月就该推门而入
三月自有使命，五日是惊蛰
节气已有安排，还有雷声，闪电
不是非要惊天动地，而是仍有沉睡的动物

等着叫醒。长江和汉江也等着叫醒
藏在枯枝里的绿和躲在雨丝里的燕子
等着醒来

多等一天就多等一天。三月
看我劫后余生的心情。看我戴老花镜
装模作样地捉住几个陈年词汇
摆到电脑里，把春风和柳条放在一起
把荷塘和蜻蜓放在一起，把老牛和水田
放在一起，把素花布衬衫和黝黑的大辫子
放在一起。略显清瘦的背影，左胳膊夹着笸箩
右手撮起几粒种子，把好心情植入肥沃
我也是爱美之人，爱春天，爱春光灿烂
喜欢春色提前到来，喜欢立春、雨水
喜欢春分、清明、谷雨这些活泼的日子
喜欢用一长串燕子的呢喃唱响自己

三月，万物勃发之时
天空鸟儿飞，水里鱼儿游
三月之美，美在终于要摘掉伪装
自由自在。红灯变绿，城市开门
爱热闹的人提着宝剑、大刀、枪棍
走进公园，大口畅享着空气
他们还准备放飞一只百米长的风筝
巨龙已摆好身段，随时仰天长啸
二桥烟花怒放，映红三镇的阴沉

三月之美，无需我再多嘴
抓一把雨丝，掬两捧阳光，采几面微笑
擦肩而过，一声"过早了吗"
夹杂着新鲜和脆嫩
冒着久违的芝麻香气

冰封的天空被春风吹皱

漫山遍野花开了
蜜蜂、蝴蝶、蜻蜓结对
但掌声略显孤单
它们没有习惯期待
花海在流，香气醉人
气温升高，却寒意不减

天空匍匐着燕子
哦，燕子，燕子
快剪断谣言的根源
快剪碎高台的冰封
快剪出河山的轮廓
快剪开春风的路径

高悬的坚硬在无声融化
有些滴下来的液体
不一定是痛哭
看，那些窒息开始破裂
那株悄悄抬头的绿
十年后将参天壮美

云层在解冻。黎明
越过视野，时间列队
即将回归日常

天空奔过一群怒马

惊蛰之日
天空奔跑过一群怒马
闪电的鞭子
贴着玻璃窗
贴着院里的木棉树
万马齐喑
轰隆隆的蹄声
从我的睡梦长驱直入

第一声春雷
再次印证了古人
对二十四节气的精准推算
唯一的遗憾
就是今年的雷鸣
不是一炸而过，而是
炸雷滚滚
低沉而浑厚，持续而连绵

我更愿意把雷公
想象成奔马，想象成
血肉之躯，强壮，抒情，坚毅
马蹄声更有节奏
在春风浩荡的前夜
点燃庚子年序章

一只鸟飞走了

谢谢小河，陪我流了
一晚上的泪水
一些雪花降临额头
争着测量我的体温
很冷的风待在一边
不知所措。快要圆的月亮
躲在家里决意不再出行
一只鸟飞走了
一只鸟飞走了
古老的梧桐树
尚存几根枯枝。春天
还没有消息，有人
撒手人寰，有人
危在旦夕
街道空旷，羽毛落地
发出惊人的巨响
一只鸟飞走了
无影无踪

扬谷子的母亲

起风了
母亲抄起掀朴
把晒干的谷子扬向天空
谷子稳稳落下来
秕子杂草随风出局
为了保证风力激荡、持续
母亲尖声喊着"阿吆、阿吆"
落下来的谷子饱满金黄

母亲依旧扎着蓝印花布头巾
瘦小的个子，瘦小的胳膊
很高的一堆谷子
很快被她扬完了
很高的一堆谷子
她用一副箩筐
很快挑回生产队的仓库了

她的眉毛脸庞
落满灰尘
她的衣服上落满灰尘
她把头巾摘下来
拍打着脸上灰尘
她把上衣脱下来

拍打着身上的灰尘
两只瘪瘪的乳房
早被我们姊妹五个吸干了

母亲有个习惯
无论干了多么脏的农活
一定要把自己打扫干净
才会回家

菜 地

谷雨一过
菜地躁动起来
蔬菜开始比赛
看谁长得更快
瓜果顺着爬杆牵藤
辣椒茄子呼呼蹿个
空心菜苋菜青肥红瘦
土豆和洋葱闷在地下
即将炸开土壤
蝴蝶成群飞来
蜜蜂成群飞来
它们合奏一曲，各取所需
知了选中
一片宽厚的丝瓜叶做舞台
献出处女作。葫芦虽嫩小
却已渐显满腹经纶
凉瓜藏不住青春
引人联想苦尽甘来
趁着地湿，母亲
一颗一颗拔掉杂草
她要给火热的赛事
创造一个好环境

蛇与草绳

怕蛇的人
有时也会怕草绳
本质的区别在于
遇到蛇可能会没命
遇到草绳就会捡了
一条命
有的时候
蛇
也能花枝招展
千娇百媚
人
往往是在被咬之后
会说没想到
怕蛇的人
最好还是
连草绳一起怕
不怕一万
就怕万一

抓　周

虽然是一场游戏
倒也充满哲学
对所抓之物
选了又选
生怕出现纰漏
影响婴儿前程
民以食为天
首选是吃的喝的
学而优则仕
所以要上一本书
人生发财事大
要上一小块木头
出生一周年的孩子
穿着红兜肚
脸上涂着胭脂
粉嘟嘟地自带喜庆
我奶奶告诉我
我抓了一把手枪
是我爷爷亲手雕刻
当时他笑逐颜开
而今，做父母的喜欢
直接摆上一沓钱
我个人认为
抓上这个
这一生
就掉进了钱眼里

仪 式

搭台
上台
下台
拆台

公道杯

之所以
称为公道杯
是因为这杯茶
不能
一个人喝

金　鱼

不需要用太多的力
浮着就可以
栖息于一坛止水
无所谓昼夜
无所谓生死
能呼吸一口空气
就是奢侈

空酒瓶

那天晚上
我听到
空酒瓶
在地上打了个滚
发出几声叹息
就不动了

菩提树

我信奉佛教
当然也拜菩提树
我院子里的那棵
原本是半截木头
当时见有几株嫩芽
就保留了下来
未曾想是一棵菩提
喜极而泣
以后早晚拜谒
我认为
菩提树开花之时
就是我开悟之日

洁　白

对汉白玉的迷恋
是它的纹理严谨和洁白
我喜欢端详一只
百里挑一的橙子
毛孔对称光润
手指滑过会有浅浅的亮痕
我喜欢细腻之物
以至于朝奉一样庄严
我小心翼翼把自己贴上去
慢慢打开嗅觉
慢慢打开汹涌
慢慢打开即将瓢泼的云雨
面对如此动人的匀称
从上到下，从前到后
每一寸都充满盛意
必须要有仪式感
才能谛听到
除了心跳，还有
每一声心跳里
躲藏的战栗
我必须情不自禁
以决堤之力
洗劫子夜的不眠

疲惫

虽然不能抓着你的手
在这世界漂泊
但可以把你装在我的
脑海里
我所到之地
要摆两把椅子
两副碗筷
两杯茶，哦
其中一杯要红茶
无论哪家酒店
我都要两个枕头
我跟你聊天
聊夜色撩人
聊晨露清凉
聊累了，我会睡去
抱着另外一个枕头
以很疲惫的姿态
像个满足的婴儿

你的目光

你的目光
扬起两道闪电
在我的心里
雕刻两个痛点
一个叫喜悦
一个叫不舍
你的注视总是
比话语多
人世间有些语言
不再可信
而注视却能泄露
内心深处真实的
表达

清　明

刨开冻土
我埋下
两只口罩和
一些恐惧

我用春天的雪
作为覆盖
很瘦的桃树
洒几点落红
轻描气氛

我无暇
辨识风向
面对苍茫
我决意关闭
一声哭泣

雪还在落
天色像黄昏
明天
是清明

老故事

如同老套的故事
时间总是很短暂
有些忙乱也是必然
关键在于分离
谁都不愿意说再见
现在已经不再哭了
岁月已把大半颗心
磨得迟钝和迟疑
只有心尖尚且敏感
在打开门的一瞬间
它就战栗着、战栗着
心律失速

赌　徒

对视一秒钟
我就能知道
是不是我的肋骨
触一下手指
可以测量电量
无论到何种年龄
爱，都是一个让人
力不从心的主题
我们借用时间过一生
来诠释过度
结果还是乐此不疲
甚至发誓
哪怕穷尽一生
也要义无反顾

咆哮的洪水

一夜之间，那么多水
从天而降，从山沟、树林
从庄稼地、马路、屋顶
凶猛宣泄，裹着砂石、泥土
原木和草屑，不顾一切
冲进城市
撕裂午夜的缠绵

像一万头发疯的猛兽
吼叫着，撕扯着闪电
人们不知所措，他们关闭心情
试图忘记窗外的世界，他们
看着洪水爬上台阶、门窗
看着彼此青紫的嘴唇

七点钟早该天亮了
可是黑暗无动于衷
一夜未睡的人们，用红色的眼睛
发布着恐惧的信号
他们听到河流在咆哮，成群的
动物尸体卷入飞旋的泥浆

半边山峦塌了

一栋楼塌了
一座村庄塌了
洪水得意地
打着一个又一个饱嗝

人世间

有人煮茶，把自己的青丝
煮成白发，从春到冬
她煮着赤橙黄绿
远山的薄暮，被她
煮成一壶青黛

有人烤酒，把自己的光洁
烤成皱纹。从秋到夏
他反复蒸煮高粱和小麦
小村落的黄昏，已显醉态
黎明躲进子夜

人世间，各有活法
有人骑着一辆破摩托车
有时向北像一叶时针
有时向西像一叶分针
马不停蹄，倜傥裹不住潦倒

有人守着一抔新黄土
跟深埋的骨灰说话
山野里的桃花被风吹飞
一群野孩子
不知劳累，他们以为
前程还很遥远

我不是过客

无数次回来，又无数次
离开，三十多年
你始终在原地等我
我以"光辉""模范"等
堂皇之词，数落你灰头土脑
讥笑你过于单调
肥美的长江，莞尔一笑
潇洒地奔往南京、上海
一座山伸出半壁，想拦
只拽住一湾湍流

我从来没生过
带你一起出走的念头
我要去的地方太遥远
没有行程也没有目的地
每一次离开都是落荒而逃
每一次，以铁打心肠
跟三月的春风挥手，跟
大冶湖岸边的油菜花挥手
月色跌落在黄金山
一个巨大的影子端坐夜空下
几滴露珠湿透我的倔犟

你可以骂我不肖子孙
只要你默许我，想回就回
想走就走，只要你默许我
把芝麻饼、印子粑、纯谷酒
吃饱喝足，默许我
在刘铺村、汪仁街、黄思湾
上屋窜下屋，我更想你
呼我乳名，喊我回家
回家，用我奶奶干净甜脆的声音
倚着青石门框，灰衣青裤
喊我的魂，我不是过客
来来往往这些年
我已两鬓花白

纵然万水千山，我的双脚
已深深种在肥沃的大冶湖
粗犄角的老水牛传承责任
垦荒春夏秋冬，耕种着
我的血脉
我不能把你带走，其实
我从来也没有带走我自己

对面山

对
对面山的回忆
现在只剩下
一棵树
现在只剩下
一片红土
我对这种回忆
很不满意。我的
"红猴儿"绰号
就是在
对面山摘取。那时
我一会儿窜入树梢
不见踪影
一会儿窜入麦地
不见踪影
面对焦急
我屏住呼吸和笑
被一句
"我扔石头了"
赶紧现身
如今，对
对面山的回忆
已一无所有

树已被砍伐

红土被水泥打压

这种空落

如同我的归程

票根上

没写地址

幻想接踵而来

我不是无中生有
扭动钥匙前，先叩叩门
明知里面没人，也不会有人
多年来，我独自住在风雨里
四海为家，东南西北的居所
从来没有除我之外的人
我总是保持室内整洁，井井有条
力求一尘不染
特别是不能有脏衣服，臭袜子
地上不能有一根发丝，空气里不能
有烟味，置办生活用品时
总是要买两份，两个咖啡杯，两个
搪瓷缸，两副碗筷，两双拖鞋，两个
枕头，事实上，从头至尾，两副用具
一人使用，使用的人还是我
经过苦练，我的普通话已经很好了
我一个人读诗，对着镜子读
声情并茂，慷慨激昂，想着对面有人在笑
在哭，在轻声附和，每次都说
"你要是能改改家乡口音就好了"
对于蝴蝶萤火虫之类的小生物，我是
敬畏的，喜爱的，对于小草也是
在原野里，我情不自禁尾随两羽斑斓

我想问她几句话，在夏夜，我捧着
一粒光，捕捉可能突然出现的鬼脸
此刻，五点钟的早晨
窗外在下雨，二伏天的开门雨很猛
有河流在我心里泛滥，打开十本旧相册
寻找一个发黄的笑容，翻遍空气
想牵出一只手，想象着
等会儿出门前，有人拿着雨披递给我
"下班早点回"，然后来一个轻拥
用左右手同时拍两下我的后背

七夕怀想

你想要某个姑娘
趁你出门来帮你做饭、浆洗、织布
你吹箫，冒出一堆数字，听上去
有点《梁祝》的曲韵，可老牛
还是听不明白。你写诗，从字典里
抠下几段抒情，像槐荫树风干的皮
你为某一个不复存在的场景
固执地怀念，结果越想越信以为真
时光冉冉，别人的一切
尽在别人的掌握。昨天的
话音未落，语言先衰。久远的
大多已逃出记忆，久远的啊
比如少年的你追捕蝴蝶、飞跃彩虹
寻找天上的鹊桥，紧捏掌心的糖果
悄悄融化。远在天边的天边
那些羽毛是否落满灰尘？想法
不切实际，人生何时缺席过荒唐
年年七夕，感叹年年，就算人过五十
最愿星空璀璨的时刻
爬到树梢，大喊牛郎、织女
互致问候，除了问问宇宙的时间、天气
还会对一些子虚乌有的事情
进一步打听
比如，爱是否真能让人死去活来

嫦娥奔月

看到的就是真的吗
奶奶的指尖连着满月
她说，这是桂花酒，这是兔子
我却寻找依稀人影，惆怅的面容
天上的忧伤把我从小折磨到大
听到的不一定属实
因为耳听为虚
每天听到的事情数得清么
那么多事情不会全部是假的
也不会全是真的
真真假假，倒也压不垮我的睡眠
人世间，本末倒置
人们更愿意相信真实的谎言
把自己交给月亮，不仅仅是
一个无奈之举，错就错在以为
真能成仙，天地之间，闲庭信步
一生眼泪，结果却没有一滴
滑落到他的仰望。
宇宙洪荒，孤魂野鬼
不过一缕青烟。醒着的人
一样可以做梦。我喜欢满月之夜
擦干净青石板圆桌，摆酒杯
斟满酒，你一杯，我一杯

飞天就飞天好了，玉宇澄清，清风徐徐
你走阳关道，我过独木桥
井水不犯河水
三杯下肚，小调唱响

流 沙

我陷了进去
前面走了十个人
而我，被第十二个人惊叫
他高喊，你能，你能
而他自己双膝发软
此刻，一团流沙
准备慢慢把我吃掉。我担心
梦里的姑娘也会被吞噬
翻开我的历程
爱情如影随形，但从不曾化蝶
现在，这团翻涌的沙砾
很快趋于平静。清晨六点钟
一切戛然而止。一群
年龄不明的人在楼下晨练
我察看沙石埋过的身体
苍白，战栗，每一根汗毛
都饱蘸劫后余生的感动
枕边的人还在沉睡
我想看看她的脸，仔细辨认
她可是我梦里担心的人

等待与相随
——读宋史偶感

三千佳丽

无数宫阙

积泪成槛

胭脂

眺望

日复一日

年复一年

风吹帘子

吹白

鬓边的黑发

吹不散

心头阴沉

说爱

不亚于妄想

说生死

何谓生

何谓死

有人端来净水

有人拿来白绫

有人搬来方凳

大殿唢呐声

疾厉而威严

十六年
生不见君
今要随君死
死亦不能见

闪 电

闪电
抽打一块石头
抽打一棵老树
抽打我们
相依三十年
寒光
让人心凉
闪电刷过
所有的灯熄灭
心生虚无

闪电
一遍遍
抽打藏在被窝里
的挣扎
抽打
万蚁噬心的
忏悔

问　询

回忆往事时
我喜欢看小溪
看流水前赴后继
喜欢捉住几朵浪花
问及过往
问询彩虹的归程
喜欢在奔涌中
端详自己的影子
问他
你可知道
年迈的洗衣人
现在何处

温 度

你可知道
泡茶不能用
滚沸的水
你可知道
杯中的茶叶
采自高山
暗藏
蓝天白云的灵气
这一枚枚银毫
万里挑一
身份娇贵
要掌握温度
一百度
人老珠黄
八十度
轻启雀舌

音 乐

有些音乐
听着听着
就会流泪
有些音乐
听着听着
就会躁动
五线谱
是五根针
穿透
每一排排纽扣
有时锁住
秘密
有时打开
秘密

风　水

风水就是
顺风顺水
不顺风
就不能顺水
顺风顺水
就是
要敞亮
要通风
否则
就会阴暗
就会积郁
这就是
最基本的
风水

一天到晚游泳的鱼

一整天在游
晚上在梦里游
没有停歇
也不能停歇
张雨生放歌生死
口干舌燥
不敢停歇
我在听
循环播放
无需切换
我们都是鱼
一天到晚
从头至尾
我们都在游
从江河湖海里游
从小溪池塘里游
在玻璃缸里游
游着
游着
两鬓已积雪

第五颗牙齿

上排
从后往前
第五颗
牙根已经崩断
已失色
已不防酸
已无锋利
第五颗
应该就是虎牙
咬肉嚼骨
守卫吞咽
如今
岁月的锉刀
毫不留情
毁了
它的刚
它的芒
它的魅
以至于
已经没有人
再相信
那颗虎牙征服了
一个美女
这种不靠谱的
传言

稗子的春天

春天
不是你的
你的青葱
不及别人的
浓厚
你就是一个错误
纯属多余
可你
依然沉浸其中
欢喜
拔节
抽穗
不怕落空

思　念

远隔千里
真思念一个人
应该端起酒杯
很诗意地说
举杯邀明月
对影成三人
来
我先干三杯为敬
你随意

隐 藏

每次回家，我都要
把脸洗干净
抻平衣服上的皱纹
把头发打湿梳整齐
把新皮鞋换上
每次回家，我都要对着镜子
设计一个崭新的笑容
好像刚受到上司的表扬
好像这段时日
我吃得好，睡得好
跟同事关系好，可能要
晋级加薪，一定要把一切
装饰得很美
不能有丝毫破绽

信

当我们丢失太多的往事时
路边的邮筒枯萎、干瘪
那些以绿色为主题的
自行车、邮包、衣服、帽子
柜台、邮戳、房子
夹杂在古街
成了门可罗雀的旧迹
鸿雁早已不再传书，鸽子
身宽体胖，无法飞出寓所
刚开始邮差确实重要
清脆的铃声洒下一路期待
离开故乡头几年
总会收到老家发来的邮件
有时拆出各种请柬
有添丁的，有婚嫁的，有老人过世的
我记忆最深刻的一封信
是宗族最后一个长辈写的
蝇头小楷工整得像刚剪的胡须
我看到布满黑斑的手
握着苍老，从右往左，竖排书写
虽然内容陈词滥调
但是最后一句话扣动扳机
他说，我之将去，跟你爷爷做伴
你要牢记他生前跟你叮嘱的
少说话多做事这句戒律
违反了我们将来要打你屁股

爷爷的堂哥

老辈人说
年龄大了
觉短
有时看似醒着
其实睡着了
有时睡了
其实半梦半醒
过了七十
基本上不做梦了
能看得见阴间
跟去了的人
问长短，唠个嗑
能知晓谁谁
明天走，谁谁
后天要走

爷爷的堂哥
比爷爷走得晚
他经常喊住
谁家的媳妇
嘱咐说，你家公公
要办棺材了
你家婆婆，要办寿衣了

以至于
很多时日
人们都不敢
从老人家门口
经过

潮　汐

月亮和门口塘有关系
那里是村里女人的集散地
是流言蜚语之源。白天
她们挥舞着棒槌
洗干净龌龊。晚上
她们坐在岸边青石板上
碎言碎语，把干净的事情
搬弄得乱七八糟
当然，必须有月色
月色明朗，彼此看到表情
看到眼里的稀罕，看到
率真和毒舌。头顶的月亮
吐出长长的光线，撩着
门口塘里的水纹，时而激荡
时而舒缓，这些波纹以水塘
中间为圆心，时而向四周扩散
时而从岸边往湖塘中间汇聚
月亮的引力张弛有度，像流淌的音乐
女人们天一句地一句，看似轻松
她们看看天上的月亮，看看水中的月亮
过足了嘴瘾，开始隐退
开始想起明天的活计

我在暴风雨中寻找一颗星星

暴风
暴雨
闪电
我守着忽明忽暗
守着呼号的窗户
守着瓢泼的倾泻
这是五月
谷雨刚过
燕子刚刚回家
土蜜蜂在墙缝里
破茧，我给自己
写的一封信还在路上
我想着柳暗花明
想着藕断丝连
却突然袭来一场
不想停歇的关门雨
没有人影，没有狗吠
城市置身惊涛
房间被黑云吞噬
我抓着一盏
没有电池的手电筒
一遍遍擦干在眼窝里
咆哮的泪水

我要遥望苍茫的夜空
寻找那颗
以你名字
命名的小星星

春分令

春分之日，阳光像久违的朋友

和大病后的武汉热烈拥抱

和每一个人，每一棵树

每一扇敞开的窗户热烈拥抱

现在，想说话的人

用力摇晃着内心的阴霾

有人燃放鞭炮，大地欢喜

世界早有秩序，闭门两月

垂柳熬过一场大雪

依然青翠，迎春花虽然

错过了季节但依然黄艳

紧邻的桃树开始挂果

有人打电话商量归期

有人想清明上坟山

看望父母，有人新买了请柬

请老先生用毛笔书写喜宴信息

该动的动，该忙的忙

从土洞里钻出来的青蛙

要找一块新鲜的泥巴交配

天气正好，犁田，耙地，给南瓜子

挖一间大房子，给丝瓜子挖一间

小房子，给长豆角建一座凉棚

接下来的日子要好好过

过出滋味，过出色彩
春分之后，清明，谷雨，芒种
东风浩荡
万物生长

事实上

事实上，鼻子是很脆弱的
尽管如此，鼻子却把守着我们
生命的大门

事实上，花朵是很单薄的
尽管如此，花朵却掌握着所有
坚硬的果实

事实上，橡胶只是一种液体
尽管如此，橡胶却能负重奔赴
千万里路程

事实上，命运是看不见摸不着的
尽管如此，命运却让许多人
吃尽苦头

痛　哭

哭了五十三个昼夜
哭了醒醒了哭
但从来没有痛哭
那时是默默流泪
流着很长很长的泪
很长很长的担忧
今天，汽车发动
面对远去的背影
我要嚎啕大哭
我要失声地哭
我要像长江汉江一样哭
哭我的三楚乡亲
哭我的鱼米之乡
我们使劲挥动红旗
眼泪飞扬
我们用这情不自禁的哭
表达一座城市的
衷心感谢

又见大海

现在明白
我是一只逃上岸的贝壳
原来以为胸襟开阔
面对碧波万顷
所谓宽广不过是用放大镜
也看不见的一粒沙

远处的白帆
以无边的蓝为背景
画出星星点点
迎着夕阳出发的月亮
撒下一张淡金色大网
打破人类的想象
一只鸟俯冲下来
想把一条快死的老虎鱼
抓到天堂

守海的人还在吃海
他们弓着腰敲着礁石
寻找一些稀罕
垂钓者像一尊雕塑
其实灵魂早已潜入海底
在错综复杂的世界
分辨是非

武龙传

无须再去争辩
有没有龙这种动物
这世上以龙为神
龙威，龙颜，龙头，龙椅，龙床
皇后分娩前肯定会梦到一条龙
龙生龙，龙子龙孙

称自己是龙的人也会死
或许他是上辈子的龙
投胎转世，也或许
下辈子会成龙，也或许
他喜欢龙，把自己比喻成
龙的传人
但我们始终没有看到真龙
自称为龙始终还是人形
虽然能张牙舞爪
并不能长生不老

因为尊崇，在古楚之地
村庄传承彪悍
一条条大龙横行乡里
民国初年，腥风血雨
开始是为了欢度春节

后来成了乡邻之间的攀比
由发威到发疯
一些大湾子制作的大龙
开始三十节三十一人
后来五十节、八十节、一百节
节节高升
男丁少的村落闻风丧胆
收起瘦削的龙头束之高阁

梨下村的龙无人能敌
也只有他的龙才能称为武龙
一百一十八节龙身绵延数百丈
每节龙身比别人长三尺
汉子们清一色的虎背熊腰
精赤的肌肉上涂鸦如鬼画符
头上扎着红布带
仅用了三个年节就打出了威风
十里八村的龙落荒而逃
默认了梨下村的龙位
也有两个湾子人口过千
供奉着一条白龙一条赤龙
他们的龙连起来有二百余节
那年正月初七撒出英雄帖
想杀杀气焰嚣张的梨下武龙

镇公所门前的广场

三十亩见方能容万人
白龙和赤龙起了个大早
来了个先发制人
此时天刚放亮，下着小雪粒
广场四周密密麻麻挤满了人
两条龙缓缓走起了圈子
看上去慵懒又有点挑衅
没把即将的对峙放在眼里
三声炮响，锣鼓喧天
密集的人群自动分开
一条大龙裹着
八把唢呐八面巨幅铜锣
八方牛皮战鼓八副金铙
呼啸着闯了进来
场地突然逼仄
一百多汉子扎着宽布腰带
手上的龙吼着躁动不止
一时间杀机四伏

又一声炮响
踩在三尺高跷上的长衫老者
高高举起手上的龙杖
上端坠着一个彩球
球心含着一枚夜明珠
这一曲叫二龙戏珠
将由两条龙追逐争夺

可是谁来应答
武龙盘身，龙头昂起
喷出数丈远的烈火
数万人的场子一下鸦雀无声
白龙和赤龙浑身颤抖
白龙倒退着溜出去
赤龙倒退着溜出去

又三声炮响
武龙虎虎生风开始独舞
一招仙人指路
一招老树盘根
一招金鸡独立
一条龙拔地而起直冲云霄
一招草木皆兵
狂风大作，眼花缭乱
眼前的飞旋让人头晕
半个时辰后
进入三进三出表演单元
大地震动，人们耳膜充血
天地颠倒，天旋地转
刹那间又涌进去一群红衣人
成捆的鞭炮抬进去
点燃了往武龙身上扔
飘扬的雪粒化成了汗水
爆竹的硝烟和汉子冲出的热气

交织成一朵朵红色祥云
武龙冒着啪啪炸响的鞭炮
踩着厚实的大地红
继续演绎猛龙过江，翻江倒海

炸年糕的炸油条的炒瓜子的
卖头绳和橡皮筋的
统米泡的烤红薯的
卖大碗茶的理发修脸的
锅里的菜油在刺刺冒烟
火炉上的木炭烧成了灰烬
生意摊上空无一人
光秃秃的树上结满了人
草垛上砖窑上站满了人
最惊心动魄的环节
只见武龙跃上
一百零八张八仙桌叠起的
十八层龙台，飞龙在天
灰茫茫的天空迸发出一道金光
所有人跌坐地上
有人当场尿了裤子

自此武龙威震天下
直至现在
梨下村仍是九龙湖第一湾
武龙表演成为欢度春节的保留节目

以后有些年不允许玩龙灯
春节成了一碗白开水，寡淡无味
人们只好靠着墙根晒着太阳喷着酒气
谈着陈年龙事
好在武龙很快重出江湖
年味存续，醉了茶余饭后
以红色巨龙、祥云、大地红
开启一年好春色

年来了之一：二十四过小年

久闲的人这才离开南墙
在温暖的阳光中伸了一个懒腰
说，明天小年咧
该打扫扬尘了
晒太阳的男女老少陆续站起来
他们必须把房子打扫干净
把蜘蛛网、老鼠屎、蟑螂窝都清扫掉
把鼎罐、锅灶、水缸都擦洗得锃亮
把耳房的柴草码放好
把堆在堂屋的粮食用苇席圈起来
放寒假的小孩子穿堂入室
点燃一枚一枚散鞭炮
年味渐渐靠近
小年夜一定要吃糯米饭
用老腊肉焖煮
糯气四溢，肉香浓郁
最后一个仪式送灶神
在土灶台上点两支烛
供上一块肥肉，两个苹果
大人下跪磕头，念叨
灶神爷莫怪，一年来多有不检
您升天莫举报我们的失礼
年三十夜我们再接您下凡
保佑我家新岁风调雨顺

年来了之二：二十五打屁股

懂事的小孩子最怕这一天了
不懂事的浑然不知
插在门楣上的刺条子
内心暗笑
我们故意跑出去疯玩
但又忍不住回家看看母亲炸圆子
那些藕圆子萝卜圆子金黄喷香
终究躲不开
我曾经问过母亲，非要打屁股吗
母亲说，二十五打屁股是风俗
既然是风俗那就打呗
有的小孩的确调皮，这顿打会遭殃
有的却只是走过场，比如我
晚饭后，母亲收好碗筷
就唤我去灶房，母亲说，跪下
我就跪下，看到母亲背着手
就哭起来，还哭？母亲就打上了
背上痒脖子痒，睁眼一看
母亲拿的是一把稻草
据我长大后考证，二十五打屁股
主要是针对小孩
警示他们过年不许乱说话
要口吐吉祥
这是家教

年来了之三：二十六割年肉

昨晚母亲已经喂了猪两顿
天麻麻黑时又喂了苔干粥
两百来斤的大黑猪吃得欢快
它不知道二十六割年肉的传统
我家有猪，不需要割年肉
而是直接宰猪。一大早
舅舅来了，二伯来了，小叔来了
还有红脸膛的屠夫，打开包袱
里面全是长刀短刀宽刀窄刀
屠夫进屋时，大黑猪就开始躁动
不安地哼叫，院子里大人们在抽烟
说着今年的过往，今年的收成
母亲在烧水，铁锅开始冒气
我恪守着"站远点""闭上嘴"的训诫
在一边围观。舅舅说"差不多了"
就去赶猪，猪却坚守笼子不出来
母亲跟猪说"你是凡家一碗菜"
说着眼睛红了，趁猪沉默的时候
一伙人抓到猪脖子上的绳子
不顾猪发疯似的挣扎，拖到屠凳上
咬着长刀的屠夫，用指头掐准猪的心口
一刀下去，鲜血迸射
猪的眼睛尽显恐惧，目眦尽裂
我内心哆嗦，正要惊叫时
母亲一把把我抓回屋里，说
等会吃起来你会嫌少

年来了之四：二十七洗邋遢

那年冬天特别寒冷
小孩子绕着村子赛跑
跑出腾腾热气
跑出额头上的汗珠
那时候不怎么洗澡
半月不换衣服
身上有一股馊味
随便一搓，就有
像黑荞面一样的条条
二十七，洗邋遢
就是要把身上的脏洗掉
干干净净过年
母亲恪守古训，每年这天
都要烧一大桶热水
点燃一堆干柴
亲自剥光我的衣服
摁进水桶里
用洗衣膏洗头
用肥皂洗背
我哆嗦着，浑身鸡皮疙瘩
母亲边加柴火边说
不洗干净怎么过年
不洗干净怎么穿新衣服
洗完澡，母亲正色交代
必须给我保证，正月半前
衣服不许弄脏

年来了之五：二十八福鸡鸭

杀了猪还要杀鸡鸭
但不能说杀，爷爷说不吉利
过年要说好话，吉祥如意
说不好的话会影响明年的年岁
我知道"二十八福鸡福鸭"
用福字替代杀字是我家的老规矩
一般好年景，家家户户都要在
这一天杀鸡宰鸭
褪完羽毛，开膛破肚
收拾干净挂在院子里的晾衣杆上
瞄一眼所挂鸡鸭的数量
就能推测出这一家人收成厚薄
母亲把要杀的鸡鸭关在笼子里
它们倒也安分守己
我关注的是它们的尾巴
五彩缤纷正好可以做羽毛球
我手里握着一块泡沫
想做一个漂亮的玩具过年
母亲不敢杀活物
父亲说"我来福你来拔毛"
他把鸡鸭的头别到它们的翅膀里
一刀一个，几只鸡鸭在地上蹬腿
我抓住那只骚鸡公
虽然被抹了脖子还没真死
它挣脱我的手，展翅起飞
一头扎到一丈开外的石磨上

年来了之六：二十九蒸猪首

我们那里所说的过大年
关键是年三十的团圆饭
新年初一就是拜年了
团年饭必须隆重
所有的食材都要提前一天
洗好切好，大菜要提前一天
蒸好焖好，比如猪首
童谣唱"二十九蒸猪首"
猪首就是猪头，为了吉祥
祖辈人巧妙地换了一个字
猪首，就很雅气了
蒸猪首是一个技术活
不能剁开，耳朵、口条不能切下
要保证物件完整，象征完美
我爷爷亲自上阵，他围着猪皮裙
先把猪首上的毛褪干净，用细尖刀
把猪眼皮、猪鼻孔、猪耳孔刮干净
掰开猪嘴，用一把刷子
把牙齿舌头洗干净，然后搓盐
盐要炒黄，冷却后一把一把
往猪首上抹，先抹后搓
把盐粒子搓进毛孔，眼睛，耳朵
猪嘴里塞进去几坨老姜，还要灌进去

几勺麻油。爷爷浑身冒汗
这个工序需要两个小时
一般上午九点开始，午饭时完成
腌制四个小时，下午四点上蒸笼
硬木柴猛火蒸四个小时
开盖，淋上村头疤子酿的陈年老酱油
晚饭后，不再添柴，蒸笼仍然架在
火炭上煨四个小时，爷爷用火钳捅捅火星
我沉浸在肉香里做着美梦
直到爷爷把我拍醒，好了
爷爷揭开盖子，猪头已成暗红色
软糯肥美喷香，爷爷切下一小块
吹吹放到我嘴里
满足了我一天的期待

年来了之七：三十日吃年饭

我老家把除夕叫三十日
什么事情都大不过这一天
还有很多规矩和要求
不许上门要债，不许说脏话
吃饭不许摔碎饭碗
筷子不能掉到地上
串门不许和人拌嘴。我家
吃年饭必须是十二点整
除了昨晚做好的猪首
奶奶必须在凌晨蒸好一钵
米粉肉，这是她的拿手好戏
母亲必须六点钟烧开大锅
要煮熟一条十斤重大青鱼
加入海带、萝卜、生姜
兜子火猛烈，母亲有点蜡黄的
脸上流光溢彩。爷爷
亲自摆好八仙桌，这张用了
三辈人的桌子，此刻黝黑发亮
父亲撕开一封鞭炮，挂在门口的
竹篙上，他边吸烟边往堂屋瞧
等着爷爷说声好就点上引线
弟弟妹妹守在父亲旁边
等着捡几个没炸的爆竹

我写了一副对联，字体瘦弱
年饭后要贴到大门两侧
收音机反复说晚上降雪
看来初一拜年得戴上帽子
围上围巾

奶奶的七月

七月半我没回去
我父亲母亲爷爷奶奶
肯定会怪我，虽然
我弟弟会包好全部纸钱和元宝
会燃放一万响鞭炮
晴朗的天空会飞来一片云
在干草垛上洒几滴雨
或者吹来一阵风，把烟拂向
正在点火的弟弟的眼睛
我弟弟说，不能怪我，也不能
怪我哥，今年情况特殊
他对着燃烧起来的钱堆辩解
我想到七月初一前夜
被一只蚊子折腾得失眠
其实也没看见蚊子，也不可能有蚊子
但就是睡不着，一会儿醒，一会儿醒
第二天才知道是七月初一
弟弟来电问询能不能月半回去
我说怎么回去？弟弟说清明也没回去
我说是呀，还是不能回去
你多烧点钱，抬头，地址，称谓
按父亲留的格式写
我又想起昨晚的蚊子，暗暗欣慰

幸好没有打死它，我记得那年奶奶说
每年七月初一，死去的人都会回家
看米缸有没有米，看家里是不是阔气了
她还说今年七月初一
我要等你爷爷回来
当时我全身一阵阵发紧
因为爷爷刚走不久

奶奶的九月

一团白云匆匆赶路
一角挂在了村头的枫树顶
奶奶晒着棉花，她用竹竿
一点点挑着棉花，均匀，摊开
一扬手，竹竿挑到树梢的白
奶奶说，狗日的，还想飞了不成
于是，用竹竿去顶，去扒拉
想让白云落到棉花堆

奶奶有一只白狗，叫白白
白白没有一根杂毛
白白此刻蜷在棉花堆里
奶奶都冲着天上叫，白白，白白
你快下来咯，快下来，天要黑了
白白忍住笑，不情愿再站起来
可是奶奶还在仰望天空，叫着白白
满禾场的棉花把奶奶围在白云中

九月是奶奶最忙的月份
奶奶要割高粱，要收晚稻
还要去地里摘绿豆
可是她最喜欢晒棉花
我放学回家，来到禾场找奶奶
她拨弄着棉花答应着我
我却看不见她
那时奶奶的头发已经雪白

敦银君

种麦子就是为了收麦子
四十八岁，站在红土壤的地头
用湿漉漉的毛巾擦汗
用十八圈草帽扇风
劳累掩盖不了欢乐
不时闪光的金属牙齿就是证明
划一万块玻璃，堵一万个窗户
每下去一刀，就为生活上一道保险
你知道捏毛笔和握玻璃刀的本质差异
你写在宣纸上的字有刀刻的痕迹
看你的字，心中有刀刻的力度
看你抄写的《心经》，内心滑过
开花般的诵经声，你临摹的《兰亭序》
王氏父子瞠目结舌，分辨不出真假
突然想起那年月黑风高，我们去偷包菜
同学们吃了太久的盐菜了
你亲自掌勺，用大铁锹，炒了一大锅
虽然没有油盐，一扫而光之余都喊美味
以后很多年提到包菜我都会反胃
年前我们煲电话粥，对此笑出了眼泪
敦银老同学，我对不住你
你走那天，我知道消息是真的，我没有
去送你。我也没有流泪，但我发呆了

你终究没有等到我
一起聊聊那些年那些人那些事
包括潮湿的夜晚同学们在宿舍里小腿抽筋
包括我们密谋逃学通宵去追《梁祝》电影
多少年后，凤凰涅槃，大器晚成
你的庄稼收获金黄，布谷鸟
却飞离了人间烟火

甜

苦不是拒绝的理由
抗拒的是太苦了
比鱼胆还苦
不喝，情况得不到好转
"何况还有一勺糖"
爷爷笑话我

我爷爷不怕吃苦
他每天后半夜起床
夏天迎着蚊虫
冬天披着冰雪
为了温饱
奔向深不可测的湖水
他更不怕喝药
那勺糖每次都是我吃

无数岁月过去了
如今，看到中药
我都想到爷爷那把
沾着几粒白糖的银勺
风雨江湖
甜少苦多
也许是甜比苦多
却再也没有
那样的甜

奶奶养的月亮要回来了

奶奶喜欢把月亮
养在洁白搪瓷盆里
让我守着
她说，你要看好，别丢了
月亮在水里游着
月亮在水里笑着
盆子搁在土院里的石凳上
我一会儿望着天上的月亮
一会儿望着盆里的月亮
我向天上伸出手，手太短
我捞盆里的月亮，月亮
像一条鱼，很滑
老桂树也倒头来看
洒下点碎银子
像是要喂月亮，我一一拣出来
被喝止，奶奶爱干净
她喜欢看月亮游在干净的水里
后来，奶奶走了
白瓷盆也不见了
从此没人再养月亮了
又到一年月圆时
我要给外孙女准备礼物
我在旧货摊
淘到一只白色搪瓷盆

香喷喷的中秋

一些香味
至今粘在往事深处
那是芝麻和盐混合炒香
加入冰糖、桂花、陈皮
捣碎，我虽然走着猫步
奶奶不看也知道是我
她捻起一小撮
放到我嘴里，那么香
那么甜，奶奶的手艺
包括擀面皮，要薄如蝉翼
要多层，要用猪油和面
要有韧劲，能拉丝而不断
要包得住大把馅料
每次做九块，每块一斤
每个亲戚一家一块
多余的一块先供我爷爷
当月亮最圆时
奶奶亲手取来，摆在小院
切成小块，再沏一壶川芎茶
当着两棵蜜枣树的面，讲
我爷爷的笑话，我听不出
有多么好笑，但奶奶
讲着讲着就笑了
讲着讲着就笑了
月亮也笑了
露出两排明晃晃的牙

今年中秋一定回家

仲秋的月
就要亮出来
柿子树满载团圆
那只老狗
一遍遍跑到
门外眺望
虽然在千里之外
这些场景时刻萦绕
于怀。我一遍遍整理
归期，其实除了一张
旧车票，还有一双旧鞋
我还是我，除了
胡须更硬朗，除了
更瘦弱的钱包
我下了一百次决心
今年中秋一定回家
除了一无所有
我身边还有一个
臃肿油腻的影子

那些搽雪花膏的人

那些搽雪花膏的人都老了
她们现在都搽驻颜物质
貌似光洁的肌肤，其实
布满阡陌、蕴藏辛酸
唯有动物油脂，才能浸润
被唾液、乳汁、泪痕榨干的皮囊
才能阻挡老北风的揉搓
才能阻止岁月的掠夺
她们现在习惯蹲下身子观察
牙牙学语的孙辈在抓蚂蚱、逮蝴蝶
她们有时直起腰回望来路，但不愿挥手
从一声啼哭，到混沌初开
每个人的归途大同小异
初生牛犊也好，班花班草也好
夕阳西下，无以掩盖
腿会弯曲，脊梁亦会弯曲
抑或还有一支手杖
少女之心，争强斗胜
皆为过往

镜　子

镜子变了
它对我
再也笑不起来
尽管我自己还在笑
笑得满面泪水
止不住的泪水
一如某个讨厌的雨季
镜子只是默默张大嘴巴
把我吞进去
每天对着我笑的镜子
老了，布满了暗斑
光华褪色。眼神浑浊
岁月并不静好，已不能
在冬天看到春天，在黑夜
看到黎明。镜子，镜子
一生讨好别人的镜子
把我模仿得
惟妙惟肖的镜子
跟我一个模子
刻出来的镜子
我是傻子他也是傻子的
镜子

末班车

最末一班火车
从长沙到虎门
月亮一路跟到南方
一连突破了几个车站
在郴州停下
很多人大包小驮抢着下车
几个人要挤出去抽烟
趁着两分钟光景
有人发生了口角
时值初冬，有几只蚊子
想搭顺风车去暖和的地方
它们躲进卫生间
到了韶关
担心的事还是发生了
我所在的车厢空无一人
只有我，像焊接在座位上
当然这还不是我担心的
我担心的是置身黑暗
火车穿越崇山峻岭
越来越快
我担心的是，外孙女会哭
我出门时她在睡下午觉
还没来得及跟她商量好
下次归期

弟　弟

弟弟打电话来说
村里某某离婚了
弟弟打电话来说
村里某某又离婚了
弟弟打电话来，我说
又谁离婚了吧
我掐掐手指，离婚的人
还真多。为什么都要离婚
弟弟沉默一会说，不愿意
一起过呗。农村拆迁了
土地没有了，打工又不愿意
一会儿迷上跳舞，一会儿迷上
麻将，一会儿迷上喝酒
你说能不出事吗，弟弟反问
我说，别人我不管，你
不能离
电话那端沉默一会，说
我也离了

混 子

胡子茂密
做事也鲁莽
久而久之，村里人说他
脑子里少一根弦
三十八岁讨了一个
侏儒做老婆
两人在一起
外人以为是爷孙俩
有老婆了，激发起
他的雄心壮志
他认为村子肯定会拆迁
于是举债违建
屋前屋后拓宽，屋顶加层
还挖了地下室
一年过去了，没拆迁
两年过去了，没拆迁
五年过去了，还没拆迁
第六个年头，房子被占了
侏儒跑了
混子失联了
追债人说我们也是
没办法

山间竹笋

很多时候，人只会去想好事
唱一首歌以为比别人好
写一首诗以为是精品
出门就会遇到贵人，乃至认定
天上真会为自己掉馅饼
面对别人的挫折，他们会说
"如果是我就不会了"。很多人能把
一件子虚乌有的事情想得
自己都信以为真。别人
口袋里的钱，他想着想着
就觉得装到自己口袋里了
他付出一百块钱，就想着能收回
一百万。有些人特别善于
想象。他们认为，敢想才能实现
他们身体里隐藏着某种物质
每时每刻每分每秒都在分泌着
痴心妄想，他们一眨眼就一个主意
乐此不疲，由于经常缺乏营养
他们的形态会变异
像极了山间竹笋

我也写一首重阳节

我跟重阳节没有
太大的关系，除了
问候几位长辈，走访
敬老院，问询早晚的天气
尽管置身于夕阳红的乐曲
我没觉得跟我有多大的关系
我跑步，打羽毛球，选择
剧烈点的运动，上周
还爬上了双杠。我向来
相信自己的身子骨，像偷吃了
唐僧肉，我喜欢
自信人生二百年的诗句
天高海阔，风急浪高
我没有踏入老爷爷俱乐部
外孙女只有三岁
我不需要配一副老花镜
我根本不屑去验光
我排斥去大树底下，广场上
我不围观下棋，不看跳舞
甚至对戏曲频道也很抵触
我死扛着自己的年龄
不让他
就这样把我带进垂暮

星星知道

哦，现在他们是朋友了
小翠和星星对上了眼
星星看她，她看星星
似乎都有话要说
星星很轻，在微风中飘摇
她担心会掉下来
夜晚很沉重
她的呼吸更沉重
她想告诉星星她要哭了
虽然刚入秋
寒意还不深
她却觉得很冷，她的牙齿
咯咯地响个不停
锣鼓声隐隐传来
母亲说法事要做三天三夜
可是能把奶奶喊回来吗
她不知道
她想问星星，或许
星星知道

没见炊烟升起

小翠的记忆里
炊烟总是在晨曦和夕阳中
从家家户户的房顶升起
炊烟像一条条飘扬的带子
欢呼雀跃，舞姿婀娜
很快把村庄笼罩在山水画中
一直到阳光盛开或者月上树梢
视野里的一切才显山露水
小翠识得自家的炊烟
像白云一样白，像鹅毛一样轻
她闻得到自家炊烟里的香
这是艾草的香
奶奶喜欢在柴把子里夹进艾叶
她说能驱赶蚊虫
一年冬天，放学回家的小翠
没找到自家的炊烟
等她跑到家时，奶奶撒手人寰
奶奶本想像以往一样生火
为小翠做好晚饭
可不幸还是抢先了一步

新衣服旧衣服

小朋友盼过年
大多想穿新衣服
女孩子想结婚
结婚就有新衣服
老辈人却说
衣服还是旧的好

旧衣服和肌肤
相处的时间久了
彼此贴心贴肉
新衣服有新鲜感
老辈人顽固地说
旧衣服也是新衣服穿成的

小翠出嫁时新衣服是借的
第二天就穿回了旧衣服
她起早贪黑
帮男人有了出息
最后被男人
当旧衣服甩了

立 冬

一身老皮能否御寒
立冬之日，阳光尚暖
把皮囊一层层打开
晒一晒，补补钙，补一补
肌肤的裂痕和被夏天榨干的水分
我是不善回忆之人
一如我不喜欢倒行，以为眼睛
望不到之处均为陷阱
立冬之日，遍野冰雪
前后左右皆为苍茫
这是我心之所倾，天空湛蓝
大鸟紧贴天际
翅膀蘸着余晖划出弧线
几个孩子，手拉着手
绕着干草垛玩游戏
麻雀争抢着偷棉花筑巢
老母猪用前蹄刨些阳光
藏进阴暗。我窝在躺椅上
盖着秋末的余温
沐浴着银杏树的金黄
我不想翻出年初的愿望
因为那些与现实很不切实际
给自己的许诺

兑不兑现无所谓了
反正也没人去责备
我经常这样，经常这样
就这样到现在这样了

大冶湖（二）

把你装进视野，捧在掌心
含在口里，怕你，不在
我的目光所及，在掌心会飞
在口里会化。大冶湖
天下最澎湃的湖
波涛汹涌，水草妖娆
我是你的独子
你用浪峰一次次把我
托举到最高，我们相拥着
惊叫着，乐此不疲
大冶湖，我的激荡
我的滋润，我的梦想
无数个夜晚，我谛听你
摇晃的呓语，轻抚你
跌宕的不安，我以
一枚乌篷船，两柄桨
一把葫芦瓢，紧一阵
慢一阵，舀着扑进记忆
裂缝的积水。我从湖北
到湖西，湖东到湖南
一圈下来，日落磊山
天井嘴已经布满薄暮
白沙湾，江豚列队回家

孙家湾，放鸭人像个将军
指挥着千军万马，整齐划一
叫声嘹亮。我一直
倔犟地认为，我爷爷不是死
他是去湖里了。我父亲
也不是死，他也是去湖里了
那是他们休戚与共的湖
那里藏着他们的命
也藏着我的命

乌云像石头一样硬

乌云像石头一样坚硬
高飞的鸟如果不穿铁甲
也难以攀上云端。想这些
的时候，我在云之巅下降
如同起飞时那样，软绵绵的云朵
此刻猛烈颠簸，机上的人
有的脸色苍白，有的捉紧扶手
我不是孙悟空
但我上蹿下跳很多年
胸有成竹
如同操纵杆抓在我的手上
乌云有脾气，心情不好时
黑着脸，一团团翻滚着
像一群生气的巨龙
搅动着电闪雷鸣
一排排自动滑落的口罩
让人更加崩溃，心生无所依靠
飞机咔咔钻过"石头"堆
回到人间，阳光依然照耀大地
坚硬的乌云继续挡在天上

麦地边

一个老人
在麦地边
长时间注视着麦子
他踮起脚尖看
俯下身子看
蹲着看
我以为他在寻找
一只鸟或者
一只兔子。良久
一屁股坐下来
摘下草帽
他抹着眼睛
开始是一只手
后来两只手
越抹越快

三　爷

那会儿我在南宁出差
家里人告诉我三爷不行了
喉咙里长了一个坨子
医生说治不了
我知道他不愿开刀
人之发肤受之父母
这是他教我的
我知道他不会住院
有些钱花一万也不能少
有些钱花一分也不必
这是他教我的
我匆忙给他打了一个电话
那头喊我一声名字
就哭了，边哭边说
大意是托付我照顾好
一大家子，我说您放心
我我，他泣不成声
我不想死啊
我明显感觉到他的恐惧
第二天他走了
好男儿不能贪生怕死
这是他教我的

拍苕饼

立冬一过就会下雪
总有一块苕地要挨了
一场雪打才开挖
这块地的苕用来拍苕饼
母亲用大锅蒸苕
她总是要裁几块白洋布
将捣成泥的苕膏做成
团子，用白洋布裹着
——按扁，然后用手拍
拍成圆圆的薄薄的苕饼
在簸箕上一块块铺开
每逢这时我就知道要过年了
我喜欢吃母亲刚拍的
还冒着热气的苕饼
觉得比以往煮的都好吃
母亲告诉我打过雪的苕更甜
为什么早挖的苕不等到现在呢
母亲说
太甜的苕容易烂

一只燕子

南方的冬天不寒
花朵的表达依然露骨
江边、路边花团锦簇
对季节满含误导
一只燕子迎着很软的
北风，它居然
用一只翅膀飞翔
另一只收在腋下
有点像我们常做的
金鸡独立
燕子对我抿着嘴笑
并不怕生地
降临我伸出的手掌
它是一只黄喙的麻燕
它是一只快乐的母燕
我正想把它轻揽入怀
却发现是一个梦
时钟指向七点
窗外依然乌青
我觉得南方的冬夜
长一点也很美

酸 橘

朋友给了我几个橘子

很丑，土里土气

皮糙还长了斑块

捏一下很硬

不像鲜嫩多汁

看它一眼我就满口

酸水，想它一下

我就满口酸水

这该有多酸啊

隔空就可以刺激得我酸水横流

对我的入侵根本不用品尝

我问朋友这个有啥用

朋友说，这是野生的啊

长相是难看点

无污染，纯天然

我说很酸呢，朋友说

你要轻轻揉搓啊

揉到手感软和时再吃

就会甜了

上　火

一个四川的橘子
居然把我点着了
一场大火从牙龈开始
燃烧到五脏六腑
手掌心滚烫
摸什么都会留焦痕
身上有孔的地方，都在
冒热气，尤其是鼻子
藏着两条小火龙
这些炽热根本浇不灭
或许要给我一柄荷叶
我要那滴滑溜溜的水珠
浸入我那口早已碎裂的老水缸
我要舀出一瓢清冽
这世上万事万物，多少
都有一点自己的个性
一个离乡背井的橘子
烤熟了一个大活人

空杯子

倒，再倒
继续倒，还要倒
把七情六欲
倒掉，把痴心妄想
倒掉，把这些年
认识的人统统倒掉
最好一键复原
还我真身

不能再装了
何以承受，骨骼走样
基本人形就要失去
油腻，肥胖，自由基
已无处安放，倒，坚决倒
倒掉行尸走肉
倒掉天生媚骨
倒掉满嘴谎言
要倒空，空空如也
像一只干净愉快
有包容心的杯子

背着手走路

小时候，无论行多远
爷爷总是背着手
抽烟时另一只手还背着
我注意到，很多和爷爷
同辈的人，都喜欢
做出和爷爷同款的动作
那是他们的标志
背着手看似冷眼相向
倒也暗藏着几丝骨气
干净利落
我也常常背着手
已记不起来几时所变
特别是散步时，背着双手
转着圈，转着圈
像我爷爷
我记得年少时喜欢
双手抱胸，心怀傲气
现在双手反剪
尽显龙钟老态

卷

四

铜 鼓

是谁说一次只能擂三下
给我来一百次吧
今天我要擂三百下
一丈高的壮乡铜鼓
随着我挥舞的鼓槌
吼起南国的雄伟
咚咚、咚咚、咚咚
汇集成奔涌的冲击波
一圈圈扩散到晨风里

桂花盛开之日
我要把金色的芬芳
集结成一条龙卷风
游入你的眺望
我就像一个壮家鼓手
咚咚、咚咚、咚咚
鼓皮像一张黑胶唱片
在茂密的纹脉里
隐藏着那么多思恋

射 箭

壮族人喜欢射箭
公园里有专门的场地
射手们张弓拉箭
把一支支用竹子削成的尖锐
射向靶心

我也想射一支箭
我要把这支箭射到千里之外
我把思念淬火一万次
打成一支能穿透千山万水的箭
准确地射进远方的惦记

我的弓是无形的
但很沉重
因为箭身刻满了她的名字

刺　绣

白色的布上什么也没有
很快飞来了云彩
很快孵出了鸟儿
很快就开出了春天

五色的丝线
渗透洁白的布幅
要花开花
要瓜得瓜
一寸长的小针
拉着长尾巴
在指尖点燃朝霞

绣一幅山河
画一幅歌喉
在一针针针脚里
从一*丝丝丝*线里
盛开明媚

夫子庙

行人绝迹的午夜
秦淮河压低声音
路灯变幻着鬼脸
桂树东倒西歪
像吟着古老诗句的酒鬼

到夫子庙抽签
抽中上上签的已经去设宴
菩萨保持着安详
丰满的脸上没有一丝倦意
我牵着你的手闯入禁地

虽然不是八月了
桂花香气依然浓烈
下弦月的弓拉得很满
有点杂乱的乌云
通知着下半夜的天气

我们相伴走过佛门
以此表明态度

烟　花

对岸燃放烟花
天空缤纷
连绵的爆炸声
炫耀着小渔村的喜事
一江秋水
从宽阔的堤边溜走
急急地流向大海

烟花烟花开满天
映红了谁的脸
有人在深秋的夜晚沉默
看不见蒹葭苍苍
只听见一层薄薄的白霜
在天空小心降落

要么就大声喊吧
恣意妄为
无须顺流而下
亦无需逆流而上
要么就站成一尊雕塑
看花开花谢
潮起潮落

墨　镜

与墨镜无关
坚硬的树脂
竖起一道屏障
不要探究背后
躲藏的慌乱

第一次分手
就引发了初秋的风暴
金色的圆柳树叶片飞旋
在正午时刻，洒满
透过墨镜的褐色世界

说一万句再见
还是要分手
我有墨镜遮挡
滴水不漏
你以手掌罩头
像在挡风挡树叶

必须露出八颗牙齿
并且定格微笑
防止离开的人突然回眸

窗 外

伫立在巨大的落地窗前
看远处的湖泊上有人在游泳
更远处的草地上牛在吃草
一只白鸟停栖在双角中间
在夕阳最后的余晖中打盹

一定是知道对方的思想
相视一笑
很多次相视一笑之后
把视野投向更远的天幕
于是说起了霍金
于是目光投向了太空

咻的一声
夕阳跌落地平线
老牛被人匆匆牵走
白色鸟一次次地低飞
一次次地盘旋
它想再次停在老牛的额头

游泳的人已经上岸
原来那也是一个美女
是否还要相视一笑
此刻的气氛开始融化

十年以后

谁的纱巾在山峦上挥动
树木被一根一根拨弄
薄暮凝结成透明的水珠
那枚桦树叶仍然在盘旋
风穿过狭窄的山谷
一片雪花跌痛了屁股

你苍白的手指
敲打键盘如马蹄声脆响
子规鸟一次次破解黎明前的单调
多愁善感的神经牵扯着
每一步前程
随身纯银藏刀记载着你的秘密

十年以后
我仍能看到阴寒的刃边
那几只黑色的蝴蝶
还在警惕地守护着某句箴言
岁月沉寂
鸟尽弓藏

冬 雨

初冬的雨
蘸着路面的灯光
在我的心上书写冰冷
几个行人
像一串弓着背的标点符号
踏着积水匆匆而过

这是夜晚十一点
一辆警车闪着五色灯
从一个小排档经过
在一棵发抖的木槿树旁
我淋着烦人的冬雨
一遍遍把脚跺直

今夜我没有喝酒
今夜我比喝了酒还难受
木槿花正在迅速枯萎
这棵树和我一样
止不住牙齿碰撞

寒意浸透到心扉了
一串串冷噤就是证明
打火机也淋湿了

抽支烟的念头随即浇灭

眺望是固执的
我知道视线尽头
一定有消逝的背影

麦子熟了

麦地在我的视野里走去多远
母亲的手臂就有多长
麦子热烈地燃烧着阳光
噼啪噼啪烤干身上的水分
让自己越来越成熟

母亲像一个将军
她叉着腰巡视领地
麦子齐刷刷列队
接受这位穿兰花布衬衣的
老年妇女的检阅

她的手指很神奇
撒出去半筐麦子
一块地就长成了绿色
青青麦苗在她的弹奏中
分蘖、灌浆、挂籽
麦粒有点偏胖

麦子是母亲一辈子的念想
几十年来，拣麦的丫头
终于能在一眼望不到边的
麦地里排兵布阵

拍拍土知道麦地的温度
摸摸穗就能明白麦子的心情

母亲今年七十了
麦子今年多少岁了
这是藏在母亲心里的问题
也是我最怕的提问
母亲不知道
我更不知道

玉兰树

没有预告
推开门窗就惊呆了
我以为是无数只白鸽
迁徙到对面的树林

不会有这么安静
这么多鸽子在一起
一定咕咕咕咕像个会场
此时窗外一片恬静
初夏的风有股土腥味
晨练的蝴蝶一双双飞过

应该是夜里开放的
有一朵打了个哈欠
泄漏了满嘴香气
玉兰树像一个古典美女
怀揣端庄和贤淑
像古书描述的贵妃出浴

只开花不结果
我深感可惜之余
又觉得玉兰树
肯定藏着什么秘密

在小区跑步的老外

老外的长腿
把小区丈量了无数遍
路面的砂子见怪不怪
从他背沟上滚下的汗珠
一队队摔在地上

六点在门口舒展身体
甩动脊背和扭动腰胯
一些关节噼噼啪啪报数
然后伸出左腿做了一个弓步
用嘴巴模拟一声枪响

老外的路线雷打不动
从开始到结束不会停歇
这不影响他跟人打招呼
好像他认识所有人
见到一个就伸出大拇指
说声哈罗
见到一条狗
他也会说哈罗

大雨天早晨
只有老外在跑步

在分不清汗水雨水的冲刷里

老外自觉有些单调

他给自己喊号子

1234

1—2—3—4

父亲节想起了父亲

在收到两条问候后
我才知道今天是父亲节
我也想编一条短信
发给我的父亲

很久以前父亲撒手而去
把养家的重担压在我身上
在以后的日子想起父亲
我就会遥望天空
寻找父亲的影踪

有一张天安门前的留影
父亲满脸得意
但姿势僵硬
双手紧贴胯部
掌心捏满汗珠

我最心痛的是他的脚
那是一双老式松紧布鞋
小脚趾从脱线的破洞出局
鞋子吧唧吧唧张开了口
我不清楚父亲是否发现
他穿着这双鞋又走了多远

父亲节表达不了想说的话
我一边抚摸那张旧照
一边用力想象
在那边
父亲此刻穿着什么样的鞋

清晨鸟叫引起的思考

鸟儿每天都叫
新的一天我被鸟叫醒
清晨五点开始叫
吆五喝六比试歌喉
我不认识这些鸟儿
它们肯定认得我
我熟悉他们的规则
树林中央两声低缓的序曲像大提琴
右边传来几声亮丽的清唱像小京胡
左边的声音悠扬婉约浑厚
这是好多只在合唱

第一部分参与者有
布谷花、喜鹊、八声杜鹃、天亮晓
第二部分参与者有
八哥、斑鸠、猫头鹰、百灵、麻雀
鸽子的叫声有些不太协调
咕噜咕噜好像口里含着水
穿着燕尾服的喜鹊恢恢
嗓音不甜有点像发炎
嘿嘿笑的是乌鸦
暗藏着某种神秘
像小孩说话的是布谷

画眉和松鸦各自婉转
自说自话

一年三百六十五天
我每天都生出新的想象
我谛听着鸟叫
分析着这些声音的含义
探讨着自然的
某些规程

我

我听说
因为不知道自己是谁
所以要取名字
我也有名字
可是我不知道自己是谁
我从来没有想过自己是谁
我心里装满了无关自己的事情
我整天忙碌
从来不知道忙了什么
我不厌其烦地去做
别人高兴的事情
我无知无畏地活
三两小酒两圈牌局
就是某种惬意
我背负嘲讽和鄙夷
但我不想捅破
我更喜欢跟黑夜说话
跟墙壁说话
数落镜子里的人
我没有什么抱负
能吃饱就好
我不欠人钱
也不欠人情
我是谁
这个答案也许多余

一匹老狗

一开始
我以为
那条等着过马路的狗
有主人随行
它前爪抓地，挺直项背
伸着脖子，两耳竖起
专注地看着对面
红灯变黄
人们抢先穿越斑马线
狗仍然伫立
黄灯变绿，一跃而起
快速通过
我惊奇的是
狗的眼睛只能反映黑白
它如何精准判断红绿

那是一匹老狗
夹紧尾巴
屁股上的毛很稀疏
腰上的肋骨立体可数
还有些癞皮癣像地图
没有主人陪着
独自向西边小跑

它要去哪里
我感受到它行色仓惶
是忘了归途
还是去找寻一顿餐食

一匹懂事的老狗
有分寸
颜值不高
有自知之明

城市的白天和夜晚

白天的城市是男人们
正在雕塑的作品
钢铁与水泥恣意生长
车水马龙穿梭其中
橡胶摩擦着已没有黏性的沥青
马路像一片被烤熟的培根
哈欠充满了金属的气息
在膨胀的欲望中城市四面出击
疯狂吃着土地和空间
把青山揽进怀里
把河流喝进肚里
热浪
燃烧着大街小巷的脊背
在高楼大厦间飞翔的鸽子
姿势呆板而局促
叫唤的声调严重缺水
一只误入的布谷惊慌失措
它飞进一座没有出口的迷宫

城市的夜晚浓妆艳抹
香气弥漫试图掩盖某种真实
裙裾飞舞
柔软的腰肢传递出眩晕

纸醉金迷的序曲里
老鼠穿上燕尾服粉墨登场
立交桥下有人对峙
他们衣衫褴褛满目仓皇
意欲占有一块干燥的地盘
一切本色彰显
含糊的表达和高脚杯引起冲突
麦克风与舌头之间纠纷不断
踢踏之间搂抱之间飞眼频传
欲望彻底褪去外衣
此刻不管叫不叫春
城市的夜晚春光灿烂

乡野是我的母亲

乡野是我的母亲
是我的起点
也是我的终点

四季更替
种豆得豆
一切井然有序
黑夜白昼互相追逐
播种、收获，以汗水论价
我是水命
喜欢水塘和小溪
也有很多相关的朋友
小鱼、蜻蜓、蝌蚪

那时我被称为野孩子
疯玩时经常头破血流
一把土一把草能愈合伤痛
我还掌握了很多秘密
哪里有甘泉哪里有浆果
唾手可得

如果不是母亲
为何在她的怀里
茁壮成长

两棵云杉

不是本地的种
那又来自哪里
在这悬崖边
倔犟、刻苦
并立一百年

这是岩石的地盘
草木不生之境
是什么力量
把自己植入坚硬
献出两株青苗

两棵云杉
一左一右
一前一后
相伴相随
看天上云卷云舒
听人间嬉笑怒骂

黎　明

小家伙"留级"了
预产期过了三天
还没有动静
老人说迟生子贵
我有几个迟生的小伙伴
至今还在为温饱奔波

女儿本来就很娇小
走路时双手要抱着肚子
她说医生交代要多动
客厅里，楼道里
都是女儿笨拙的身影

宝宝喜欢听故事
每晚七点半要讲一个故事
不然就会踢肚皮
这个宝宝千万不要像外公
别人比挣钱他讲梦想

现在是黎明时分
新的一天即将开始
远处军营里传来了嘹亮的军号
小家伙在闹新花样
世界一派生机